o dj:
amores
eletrônicos

Toni Brandão

o dj:
amores
eletrônicos

1ª edição
São Paulo
2022

global
editora

© **Antônio de Pádua Brandão, 2020**
1ª Edição, Global Editora, São Paulo 2022

Jefferson L. Alves – diretor editorial
Flávio Samuel – gerente de produção
Tatiana Costa – coordenadora editorial
Jefferson Campos – assistente de produção
Juliana Tomasello – assistente editorial
Amanda Meneguete – revisão
Soud – capa
Bruna Casaroti – projeto gráfico e diagramação

Dados Internacionais de Catalogação na Publicação (CIP)
(Câmara Brasileira do Livro, SP, Brasil)

Brandão, Toni
 O DJ : amores eletrônicos / Toni Brandão. – 1. ed. –
São Paulo : Global Editora, 2022.

 ISBN 978-65-5612-346-2

 1. Ficção - Literatura infantojuvenil I. Título.

22-118417 CDD-028.5

Índices para catálogo sistemático:

1. Ficção : Literatura infantojuvenil 028.5
2. Ficção : Literatura juvenil 028.5

Cibele Maria Dias - Bibliotecária - CRB-8/9427

Obra atualizada conforme o
NOVO ACORDO ORTOGRÁFICO DA LÍNGUA PORTUGUESA

Global Editora e Distribuidora Ltda.
Rua Pirapitingui, 111 — Liberdade
CEP 01508-020 — São Paulo — SP
Tel.: (11) 3277-7999
e-mail: global@globaleditora.com.br

Direitos reservados.
Colabore com a produção científica e cultural.
Proibida a reprodução total ou parcial desta
obra sem a autorização do editor.

Nº de Catálogo: **4477**

*Para KUKA ANNUNCIATO, que segue dando
show e olhando por nós em todas as pistas!
Valeeeeeu muuuito, Kukaaaa!!!!*

atenção, dancer...

ANTES DE ENTRAR: VALIDAR A HOLOGRAFIA DO SEU *CARD*. ELE SERÁ A SUA IDENTIFICAÇÃO DIGITAL (ID) DURANTE A FESTA.

+18

SUA ID PODERÁ SER SOLICITADA A QUALQUER MOMENTO PELOS SEGURANÇAS (*BOOTS*).

SUA ID ESTÁ CARREGADA COM UMA DOSE *FREE* DE *E-MUSIC*.

QUALQUER DOSE ADICIONAL SERÁ DEBITADA DOS DADOS BANCÁRIOS CADASTRADOS.

OS PREÇOS ENCONTRAM-SE EM LOCAL VISÍVEL NOS BARES. MELHOR CONFERIR ANTES DE CONSUMIR.

O CONTATO COM OS "SERVIDORES" (GARÇONS) DEVE SER ESTRITAMENTE PROFISSIONAL.

EM CUMPRIMENTO À LEI N. 11.111 E ÀS NOVAS NORMAS VIGENTES DO MINISTÉRIO DA SAÚDE E TECNOLOGIA, INFORMAMOS QUE:

1) É PROIBIDO, EM AMBIENTES FECHADOS, O USO DE TELEFONES CELULARES, SMARTPHONES OU QUALQUER OUTRO APARELHO QUE CONTENHA MERCÚRIO, CHUMBO, CÁDMIO OU CROMO.

2) AS *E-DOSES FREE* PODEM ALTERAR O ESTADO DE CONSCIÊNCIA.

P.S.: AS PAREDES ESCUTAM, FALAM E ESCANEIAM PENSAMENTOS.

#SIGARMY. É o que se lê estampado em *silk screen* na camiseta de Amy, quando ela entra na balada eletrônica. Amy está um pouco zonza. Com um chiado nos ouvidos. Tem que ajustar o olhar, os movimentos e como manifestar as emoções. Era de se esperar.

Trata-se de uma bela balada. Um galpão gigante, de pé-direito alto, híbrido entre a destruição e o pop. A luz negra do ambiente é precária. Quase não se enxerga um palmo à frente do nariz; a não ser em alguns pontos, como os bares e corredores. Ou em alguns momentos, quando a iluminação acompanha uma virada mais eufórica da batida da música.

Uma frota de globos espelhados pendurados no teto curvo lembra o salão de um castelo mal-assombrado de seriado disfuncional.

Telas planas de cristal líquido de várias polegadas fazem as paredes vomitarem imagens saturadas e sem áudio em alguns pontos da balada. Imagens que simulam paredes descascadas, por escorrerem formas fantasmagóricas moldadas em fios de cobre. Pelo balcão, estão alguns focos estroboscópicos pendurados em torres de alumínio, como as que ficam nos cantos dos palcos de shows de rock-pop.

Placas de sinalização eletrônica indicam os banheiros, como se sobe para o *lounge* e, principalmente, advertem pela sinalização de uma porta de aço escovado, no fundo de um corredor, que deve pesar uma tonelada e onde se lê **Acesso proibido**.

Ninguém poderá dizer que não foi avisado!

Caixas de som espalham para tudo quanto é canto música pop com mixagem eletrônica para dançar.

A chegada de Amy é brindada com o grito de guerra do rei do eterno pop, um caprichado remix com voz distorcida e um coro de gemidos metálicos, avisando que está mais do que na hora de começar.

Cabeças e corpos já se sacodem na pista xadrez e sustentável, que transforma em energia elétrica os pulos animados dos *dancers*.

Uma atenta dupla de *Boots*, verdadeiros homens-muro (um com feições árabes e outro negro, que leva o maior jeito de ex-jogador de basquete norte-americano), circula pela balada, deixando claro que está atenta a tudo e mais um pouco. As poucas partes dos corpos deles que não estão cobertas são estampadas com tatuagens tribais. Os caras têm anéis de caveira em quase todos os dedos, seguram rádios de comunicação e nas camisetas pretas, gravados em cor prata, seus possíveis codinomes: SHIFT e DEL.

Até que Amy não demorou a se enquadrar. Agora, ela quer se integrar. Para isso, nada melhor do que se jogar na pista e cair na dança. Meio tribal, meio robótica. Ainda desconectada do som, tentando perder o controle sobre o próprio corpo e fingindo ignorar os que dançam à sua volta.

Aos poucos, ela vai liberando os comandos e deixa que os músculos do corpo encontrem o ritmo da batida eletrônica e a conectem aos outros garotos e garotas na pista.

Conectada, é impossível Amy ficar indiferente ao garotão que se sacode perto dela. O cara é um gato. E tem duas asas enormes tatuadas nas costas nuas; cabelo encapetado e impecáveis gomos abdominais. Garoto com braços circenses. Graça de bailarino. Virilidade de peão de boiada. Destreza de bicho selvagem. E a estranha leveza de quem parece flutuar.

Amy quer dançar com o garoto. O garoto parece mais interessado em continuar dançando com seu próprio umbigo tatuado com flor-de-lótus.

— Metido!

Claro que o garoto não responde. Nem deve ter escutado. Ainda que tivesse escutado, não teria respondido. E se respondesse, seria tarde. Amy já vai longe em direção a uma das ilhotas espalhadas pelo galpão, onde ficam os bares.

Amy aporta no bar. O garçom que vem atender é loiro, alto e tem os cabelos curtos. Na camiseta preta se lê, grafada com tinta metálica, a palavra Servidor.

— Vai querer sua dose *free* de *e-music* agora?

Antes de responder, Amy confere o anjo encapetado na pista e, ao que parece, muda de ideia.

– Talvez daqui a pouco.

– Qualquer coisa, me chama.

… e o Servidor vai atender um garoto de traços orientais que aterrissou do outro lado do balcão.

Amy resolve ficar por ali, ancorada, enquanto se recupera de seu primeiro fracasso na noite.

– … em… vnda… à… rde… soc… d… jo… cd…

A garota que acaba de chegar se aproxima ainda mais, para repetir o que acaba de dizer.

– Bem-vinda à rede social do anjo caído.

▯▯

#JON não gosta de esperar. Ele gosta de correr. E está correndo sem rumo e sem camiseta pelas alamedas quase desertas do parque municipal; sacudindo as ideias e chacoalhando o par de asas tatuadas nas costas saradas.

As asas são em tamanho natural (seja lá o que isso signifique) e só reforçam a figura atrevida que Jon espelha por onde passa. O cara não tem nada de angelical.

Ele corre sem música. Já tem barulho demais ecoando pelas ideias zoadas que vão pela cabeça atrevida de Jon.

Está escuro. A luz de LED dos postes de iluminação está perdendo de 5 a 2 para o crepúsculo. A tempestade que caiu deixou uma película líquida e cristalina sobre o asfalto das alamedas; dá para ver o reflexo das árvores.

No lago do parque, patos remam, com as patas, contra uma maré poluída e para lá de estranha. Jon vive contra a maré de seus pensamentos zoados.

Venta muito. As asas dos pombos chicoteiam o ar. Se bobearem, eles levam tombos e se espatifam na grama cheia de formigas, que protestam contra pontas de cigarros, copos de plástico e outros sinais da estupidez humana.

Os ventos uivantes não são o suficiente para levar embora as ideias errantes de Jon.

O suor escorre por onde consegue pelo labirinto de sua juba preta. Transpirar não está ajudando em nada. Jon não consegue pôr para fora o que o incomoda.

Está muito calor. O céu acima de Jon continua carregado de sombrias nuvens de chumbo grosso. Vai chover mais. A tempestade não refrescou a cidade. Muito cimento. Está muito quente em volta de Jon. Dentro dele também. Tudo quente e cimentado.

O celular vibrando na pochete de neoprene de Jon o faz lembrar que ele não programou o modo avião. A cada novo pulo do aparelho, o cara fica mais injuriado.

Sem fazer esforço, Jon corre 20 km, nada mais que 15 km assobiando... mas não tem muito fôlego para enfrentar atuais desventuras de sua "aventura humana na Terra", como diz a música que uma de suas mães adora.

Xicão corre, com seu amor fiel e incondicional, ao lado de Jon; com a língua quase tocando o chão, ofegante, tentando respirar naquele calor insuportável.

Crueldade levar um labrador para correr no verão? Não é Jon quem o leva. Xicão sai na frente, guerreiro, sem pedir. É um dos poucos momentos em que Xicão faz questão de esquecer quem é o macho alfa dominante daquela matilha.

Correr com Xicão, além da cumplicidade de mais uma camada do amor compartilhado, ajuda Jon a se manter a uma velocidade uniformemente variada.

Jon só se incomoda quando Xicão tem que fazer alguma pausa para urinar.

– Vai logo, brother.

Enquanto espera Xicão, Jon trota sem sair do lugar, para manter a frequência cardíaca e não perder o pique.

É a primeira vez que Jon se depara com a estranha formação de pedras espetadas no chão, que o seu melhor amigo escolheu como receptora para sua urina, que anda ácida demais.

Por estranha formação entenda-se que as pedras, mesmo irregulares, remetem às lápides que se veem nos cemitérios góticos da Europa. Que frases são aquelas incrustadas em uma das pedras?

Arrête!
C'est ici l'empire de la mort.

Que força têm as palavras. Mesmo sem entender francês, só o gesto de escanear aquelas frases curtas arrepia os pelos do corpo de Jon. As frases doem nele como um soco no estômago.

Xicão aliviado, Jon volta a correr e deixa as frases incrustadas nas pedras. E também deixa para trás os pombos, os patos, os copos de plástico, as bitucas de cigarro e parte da estupidez humana.

É no celular vibrando na pochete que Jon está ligado. Tão ligado que é obrigado a parar para conferir. Quando vai tirar o celular da pochete Jon quase deixa cair a máscara que tinha guardado ali, depois que conferiu que estava correndo no bosque sozinho. Mesmo já tendo tomado as duas doses regulares e o reforço da vacina contra o coronavírus, Jon faz questão de usar máscara quando está fora de casa.

Usar máscara, higienizar as mãos sempre que tiver contato com alguém e cumprir os outros protocolos de primeiros socorros no admirável mundo novo e pandêmico... tudo isso faz parte da rotina de Jon.

Voltando às mensagens: pode ser que não seja quem ele está pensando. Pode ser que seja uma de suas mães, Sandra, pedindo ajuda; ou sua mãe Julia, pedindo desculpas; ou alguma aluna remarcando aula; algum parceiro da ONG alinhando detalhes da próxima reunião. Ou sabe-se lá quem.

Quando pensa em tudo isso, na verdade, Jon está tentando duvidar de si mesmo e acreditar que as mensagens não estão vindo de onde ele tem certeza que estão.

Mas não. Jon não está errado. Nada mudou. Foram dezoito mensagens de texto em menos de uma hora.

Mensagens como...

> MEU AMOR...

... que declaram o amor em letras maiúsculas e a posse desse amor em fonte exuberante...

> Força, gato! Não desiste!!!

... que incentivam Jon a concluir algo que ele não tem a menor intenção de abandonar...

> WOW, amor!
> 4 minutos por quilômetro!
> Matou a pau!
> Te amo muuuuito.

... e que deixam Jon ter certeza de que sua liberdade está cada vez mais vigiada.

Impossível Jon continuar correndo. É tão injuriado quanto ofegante que o cara começa a gravar a mensagem de voz...

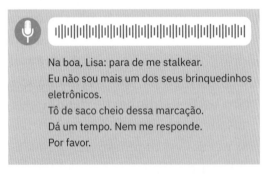

> Na boa, Lisa: para de me stalkear.
> Eu não sou mais um dos seus brinquedinhos eletrônicos.
> Tô de saco cheio dessa marcação.
> Dá um tempo. Nem me responde.
> Por favor.

Em nada alivia Jon enviar essa mensagem à namorada. Ele está injuriado e triste demais para se sentir aliviado. Quantas coisas estranhas ele tem sentido. Tem sensações que Jon nem consegue nominar.

Mal sabe ele que as coisas vão piorar.

#AMY não gosta do jeito de falar da garota que se aproxima dela no balcão da balada. Tem ironia demais; especialmente quando a garota diz novamente…

– Bem-vinda à rede social do anjo caído.

– Tá falando comigo?

– O que você acha?

Mesmo com a iluminação tão precária, Amy tem a sensação de conhecer a garota de algum lugar, mas não se lembra de onde.

– O que você quer?

A garota é pequena, com traços finos de boneca de louça, pele quase transparente, duas tranças pretas que viraram coques no alto da cabeça e um par de olhos naturalmente arregalados, com cílios grandes e grossos. Nem com as pálpebras pintadas com lápis preto ou a tentativa do batom escuro de aumentar os lábios… nada disso dá ao estranho rosto algum indício de expressão.

Em vez de responder o que quer, a garota se aproxima ainda mais de Amy e tenta continuar a conversa de onde tinha parado.

– Pretensiosa você, hein?

– Dá pra não chegar tão perto?

O tom das perguntas e respostas… ou melhor, o tom das perguntas (afinal, até agora ninguém respondeu nada) não parece um papo amistoso de duas garotas em uma balada.

Lembra mais duas gatas na porta dos fundos de um restaurante japonês, prontas para disputar o esqueleto de salmão que o *sushiman* acaba de jogar no lixo, ainda com considerável quantidade de carne rosada.

– Mal chegou e já quer ficar com o melhor da balada.

Para que não fique nenhuma dúvida, a garota arremessa o queixo em direção ao garotão com as asas tatuadas.

— Eu vi você toda fashion, querendo sambar no mesmo tango que o Jon.

Talvez uma aliança improvisada com a garota pegajosa possa ajudar. Vendo que ela conferiu e entendeu que se trata de seu nome o que está escrito em sua camiseta, Amy vai direto para a segunda parte da apresentação…

— … e o seu?

— Mina Coyoacán.

O fato de Mina usar uma jaqueta preta totalmente fechada faz parecer que se trata apenas de uma estranha cabeça flutuando no ar sobre um pescoço magro e comprido.

— Você já pegou o Jon, Mina?

— Por enquanto, só tá no meu radar. Morenos encaracolados de olhos azuis… calça preta justa… e ainda com esse corpão, isso tá cada vez mais difícil de aparecer pela noite.

Pronto! Mesmo sendo antagonistas em relação ao garotão exibido, as gatas já acharam uma conexão entre as suas redes e resolveram sociabilizar, o que não quer dizer socializar.

Mina resolve ser didática…

— Por vias das dúvidas, eu já rastreei outros caras. Se eu fosse você, faria o mesmo.

— Que bom que você escolheu ser outra.

O Servidor volta. A chegada de Mina Coyoacán o atraiu.

— Vai querer sua dose *free* de *e-music* agora?

Mina se lamenta com o Servidor…

– Já usei.

… e quase implora para Amy…

– Não quer me liberar a sua dose *free*, não? Você não tem a menor cara de quem gosta desse tipo de aditivo.

Sem saber muito bem se é um elogio ou uma crítica, Amy sorri antes de dizer…

– Por enquanto, não.

E Mina responde ao Servidor…

– Então, não.

– E, você, gata, tem certeza de que não quer nada?

Para responder, Amy só sacode a cabeça. O Servidor balança os ombros, vira-se de costas e vai atender um barba ruiva qualquer.

Um garoto de traços orientais e eletrizado começa a dançar perto de Amy e de Mina. O cara é alto. Cabelos espetados. E tem um gosto um tanto chocante para se vestir. Calça listrada folgada, duas camisetas de cores fortes (verde e cor de abóbora) sobrepostas, óculos brancos enormes cheios de estilo e tênis verdes-cítrico com as solas de borracha branca.

– Que japonês pilhado.

– Esse cara é coreano, Amy. E do Norte.

– Tá louca? Esse cara não é coreano, nem japonês. É chinês.

– Chinês pode ser. Tem a pele mais clara e é maior do que japonês.

– De onde é que você tirou essa?

– Tá perguntando demais.

– É só não responder.

– Acho melhor nós voltarmos pra pista.

– Vai indo que eu não vou.

Dando a conversa por encerrada, Mina repete a sacudida de ombros do garçom e sai dançando em direção à pista.

É ainda no vácuo da saída do oriental eletrizado que o barba ruiva que tinha chegado ao bar se aproxima de Amy.

⏏

#AMY está sob controle. Dorme, acorda, se conecta, mantém-se em forma e tranquila com remédios de tarja preta ou vermelha que é melhor nem dizer o nome!

> *Ladies and gentlemen, we will cross an area of turbulence. Please, put your tray tables in their full upright position and keep your seat belts fastened. Thank you!*

Não fosse o auxílio luxuoso dos princípios químicos ativos dessas substâncias, provavelmente as coisas estariam bem piores para Amy.

> *Senhoras e senhores, passaremos por uma área de turbulência. Por favor, travem as mesas em frente aos seus assentos e mantenham os seus cintos afivelados. Obrigado!*

O sono induzido, que ela está tendo em uma das poltronas da classe executiva do voo internacional, é tão inquieto quanto contrariado. Amy não quer voltar para casa.

> *Ladies and gentlemen, we will cross an area of turbulence. Please, put your tray tables in their full upright position and keep your seat belts fastened. Thank you!*

É por causa de Amy que o comissário de bordo francês, já bastante aborrecido, repete a versão em inglês da advertência sobre a turbulência que se aproxima.

Parece que deu certo. Sem mexer nenhuma outra parte do corpo, a não ser os antebraços e as mãos, Amy afivela-se à poltrona como se esse gesto fizesse parte do sonho que está tendo.

Uma comissária sul-africana, que vai passando por ele com a bandeja de reforço das taças de champanhe que levaria para a primeira classe, não fosse a turbulência, passa pelo comissário e acha graça no gesto dele.

– Podia ter falado em português. Você sabe que ela é brasileira.

– Mas ela não sabe que eu sei.

Há um certo desdém bélico no tom do comissário francês.

– Ela nem sabe que você existe, querido.

O comissário francês concorda parcialmente com a comissária sul-africana.

Desde o começo do voo, há algumas horas, Amy o ignora; e não parece que faça isso com algum propósito, como, por exemplo, querer chamar sua atenção. Não que esse descaso faça grande diferença para o comissário, mas algo em Amy o está intrigando.

Ele não gostou da forma desatenta como ela entrou no avião, tocando o terror, voluptuosa, com um par de fones sem fio de última geração espetado nos ouvidos, e esbarrou nele com a bolsa de couro e ouro enorme, sem pedir desculpa.

Nada do que ele viu em Amy o agradou: o par de sandálias de madeira, a calça pantalona, a camisa esvoaçante nas cores indefiníveis e tecidos caros que só as hippies chiques têm budget para usar. O comissário também achou desnecessário o par de óculos escuros arredondados, enormes e presunçosos, que desafiavam a noite e a luminosidade sutil da cabine da classe executiva.

Havia mais um detalhe para o comissário se ocupar: Amy estava sem máscara de proteção facial. E deu um trabalhão para convencê-la a usar, como estão usando todos a bordo, inclusive a tripulação.

"... é o protocolo, senhora!"

"Eu mostrei o certificado de vacinação, antes de embarcar."

Tinha um certo prazer no tom do comissário, quando ele reforçou as instruções de conduta enfrentando o desacato de Amy, ao mesmo tempo em que reforçava a camada de álcool nas mãos com dissimulada sutileza.

"O protocolo inclui o uso de máscara a bordo, senhora."

E Amy respondeu em seu tom aborrecido de quem acha que já perdeu muito tempo com um "reles mortal"...

"A pandemia tá controlada."

"Coloque a máscara, por favor, senhora."

"Vem cá: vocês combinaram com o SARS-CoV-2 que é pra ele não contaminar ninguém quando os passageiros tirarem as máscaras pra comer essa comida horrível que vocês servem?"

"A senhora está me forçando a reportar seu comportamento ao pessoal em terra, à segurança do aeroporto e ao serviço de vigilância sanitária."

Foi ainda mais contrariada que Amy avisou...

"Que exagero! Eu vou colocar a máscara."

Amy, de fato, colocou a máscara; não sem antes customizá-la, pintando nela com o batom vermelho o símbolo mais grosseiro que se faz com os dedos da mão quando alguém quer desejar um, para ser educado, "que se dane!".

Quando o comissário foi levar os votos de boas-vindas e perguntar simpaticamente se Amy gostaria de uma taça de champanhe, ela respondeu sem o menor interesse, só confirmando com um sinal de positivo esnobe e desatento com o polegar, e seguiu conferindo likes e hates em seus posts. Mais hates do que likes, diga-se de passagem.

– O cinto dela está frouxo. Se ela se machucar, eu perco meu emprego.

– Exagerado!

O avião começa a balançar.

– Eu vou acordar essa menina.

– Se eu fosse você, não faria isso...

A advertência não é da comissária de bordo sul--africana, que já sumiu no corredor, e sim da chefe de bordo, pernambucana, que acaba de chegar à classe executiva e se mantém em pé com alguma dificuldade, por causa da turbulência.

– ... vem comigo.

Um pouco contrariado, o comissário francês acompanha a chefe de bordo, se senta e se afivela ao lado dela, na área destinada aos tripulantes.

O avião balança com mais vigor. A turbulência não será para amadores.

– "Ai daquelas que estiverem amamentando!"

Quem faz essa brincadeira bíblica é a comissária sul-africana, já devidamente segura em seu assento.

De onde estão, o comissário e a chefe de bordo conseguem ver Amy dormindo inquieta em sua poltrona. O comissário não tira os olhos da garota.

– ... não é pro seu bico, dear. Sorte sua!

O comissário não entende as entrelinhas do tom irônico da chefe de bordo e continua seu desabafo.

– Detesto gente mal-humorada.

– Olha quem fala.

– Ela tomou uma garrafa de champanhe sozinha.

– Relaxa. O bilhete dela não é de milhas e nem upgrade. Tarifa cheia, *babe*.

O piloto acelera a aeronave, na tentativa de relativizar o desconforto com a turbulência cada vez mais intensa. Mas não consegue.

– Quem ela pensa que é? A Janis Joplin?

A chefe de bordo pernambucana entende que o comissário francês não está reconhecendo Amy.

– Você não sabe "mesmo" quem ela é?

A expressão curiosa do comissário responde que não.

– Espera...

Com três toques na tela de seu celular, a chefe de bordo chega a um site de notícias com uma reportagem sobre Amy e o entrega para o comissário.

– ... ela é "ela".

Quanto mais o comissário se aprofunda na leitura, mais a surpresa e o desconforto o fazem arregalar os olhos.

– Como assim?

Não tem clima para o comissário continuar a leitura e nem a conversa. O avião passa a balançar com mais intensidade para os lados e a sacudir de um jeito como ele e a chefe de bordo nunca tinham vivenciado antes.

– Não vai ser fácil sair dessa!

Quem diz essa frase é a chefe de bordo. E o comissário olha mais uma vez para Amy; desta vez, com um misto de dó e de medo ao mesmo tempo.

– Eu não queria estar no lugar dela.

Nem a própria Amy gostaria de estar no lugar em que está. Mas é por pouco tempo.

II

O BARBA ruiva que se aproxima de Amy no balcão da balada é um pouco mais velho do que ela. Alto, charmoso, bronzeado, elegante (com uma polo cinza-metálica e calças pretas de alfaiataria em um tecido que parece ter custado uma fortuna).

O cara parece ser bem arrogante. E tem um pássaro de fogo de ouro pendurado no pescoço; quase cafona, mas, no contexto, estranhamente elegante.

– Ivan quer dançar com Amy.

– Amy não quer dançar com Ivan.

Depois de arrumar os cabelos para trás com as mãos de dedos magros e longos, Ivan corrige Amy, que está conferindo um detalhe...

– Quer, sim. Só não sabe ainda...

... ele tem uma tatuagem no antebraço bronzeado: uma caveira estilizada com a palavra NEZHIT escrita ao lado.

– ... está dormindo, garota?

Ivan deve ter dito alguma coisa que Amy não ouviu, tão intrigada estava tentando realizar o que uma tatuagem sombria como aquela estaria fazendo em um antebraço aparentemente tão solar e bronzeado como aquele.

– Desculpa, Ivan. Eu me distraí.

Ivan abre mais os olhos para vasculhar os detalhes do rosto de Amy...

– O que quer a Amy?

– Você vai falar como esquimó a noite inteira?

– A minha pergunta está mais para o português de Portugal do que para o jeito como os esquimós falam.

– Você aprendeu a falar português em Portugal?

Ivan não gosta muito da pergunta de Amy.

– Com portugueses.

– Você é croata?

– Russo. Enquanto Ivan responde, Jon se aproxima do balcão. Ivan não gosta da aproximação.

O garoto de asas deixa claro que ele escolheu ignorar que Amy está acompanhada…

– Desistiu de mim, gata?

Ivan chega mais perto de Amy. Sem saber muito bem o que fazer, Amy diz…

– Esse é o Jon. Jon, esse é o Ivan.

Jon vasculha Ivan com premeditado desinteresse. Ivan fulmina Jon.

– Você tá com esse cara, Amy?

Quem responde é Ivan…

– Está.

– Tá, Amy?

A segunda pergunta de Jon sai tão irônica quanto charmosa. Ivan reforça…

– Você não entendeu, moleque? Ela está comigo.

Ivan é um pouco mais alto e mais forte. Isso parece não incomodar Jon.

– Por enquanto, cara, o que eu entendi é que você tá com ela.

Jon ignora a provocação e joga mais charme…

– Vem dançar comigo, Amy? Nunca te pedi nada.

Ivan se coloca entre Jon e Amy.

– O garoto não entendeu que Amy já está acompanhada?

– Deixa a menina escolher.

Caprichando no desdém, Ivan confere Jon.

– Não sei como deixam entrar aqui tipos como você.

Jon gosta da provocação.

– "Tipos como eu"…

– Parece mais um… entregador de comida de aplicativo. Como foi que você chegou até aqui: de skate?

A ironia deixa Jon mais animado. Ele não parece se sentir ameaçado.

– Quem sabe? E você, que deve ter vindo de helicóptero, tá vendo o skatista entregador de comida tirar o brinquedinho da sua mão.

Amy se ofende antes que Ivan.

– Brinquedinho! Vê lá como fala, cara.

Jon sorri para Amy.

– Desculpa. É brincadeira.

– Isso não é brincadeira! É machismo!

– Só tô te livrando desse playboyzinho eslavo com panca de milionário engomado.

– Se me chamar de playboyzinho de novo, eu parto a sua cara.

– Uma vez só já não vale?

Ivan está se controlando para não fazer o que ameaçou. Depois de respirar fundo e resmungar algo incompreensível, ele diz…

– Vem comigo, Amy. Antes que eu parta a cara desse… "moleque operando no modo favelado".

Agora é vez de Jon investir…

– Vem dançar comigo, Amy. Mostra pra esse "pleiba" que você não tá à venda.

Chegou a hora de Amy fazer alguma coisa. E ela faz: sai dançando, se afastando do olho do furacão, deixando o playboy e o plebeu se (des)entenderem sozinhos.

A pista está um pouco mais cheia. A música agrada a Amy. Dançar sozinha faz com que ela se desconecte do que acaba de acontecer. Mas por pouco tempo. Logo o Servidor que a atendeu se aproxima, sorrindo...

– Você esqueceu o seu *card* no balcão, gata.

Ainda com o mesmo sorriso, o Servidor se afasta. Só quando vai guardar o *card* é que Amy se dá conta de que tem alguma coisa nova escrita nele. Amy coloca o *card* na luz e lê o que foi escrito em vermelho: **cara perigoso**.

#COM a curiosidade dando choque, Amy cruza a pista dançando. A explosão da vaidade dos dois garotões no balcão do bar já ficou pra trás. Amy está mais interessada no recado/advertência: "cara perigoso".

Quando mergulha no mar de *dancers*, ela sente um... desconforto? Algo que lembra uma tontura. A vista embaralha, os passos pesam... os movimentos desconectam... mas logo passa.

Um pouco à frente de Amy, tem um relógio digital grande, com a carcaça estrategicamente enferrujada e aos pedaços, pendurado torto, marcando as horas com números fluorescentes:

Enquanto Amy confere o relógio, um cara simpático e com um sorriso tentador aparece dançando em frente a ela. Olhos claros. Cabelos claros. Dentes branquíssimos. Pele clara, mas tão clara, que até parece que o cara acabou de sair de uma banheira de leite de cabra. Camiseta azul com uma palavra escrita em prata na manga direita. Amy não conhece aquelas letras. Hebraico, talvez?

O cara dança sem pressa, mas com charme e vigor. Quase requebra, lembrando um pouco o premeditado atrevimento do jeito de dançar dos *bandleaders* das bandas de rock. Só que nele esse jeito de dançar soa natural.

O cara está interessado em Amy. E Amy, ao que parece, também está se interessando pelo cara.

— Yochanan. O "cê agá" tem som de "erre".

— O "ípsilon" de Amy tem som de "i".

Uma fitinha vermelha já desgastada, amarrada no pulso esquerdo do cara, atrai o olhar de Amy. Ela adora prestar atenção nos detalhes.

Depois de uns três segundos, o cara diz…

— Tá sozinha?

— Hum-hum. E você?

— Sim.

— Hétero?

— Hétero.

— Leão.

— Sagitário.

— Brasileira.

— Israelense. Hétero.

— Já entendi.

— Sagitário.

— Cê já falou isso, cara.

— Sagitário. Hétero. Israelense.

Amy entende que o cara está se divertindo às suas custas e se irrita.

— Me cancela! Vou em frente…

Quando Amy vai saindo, uma mínima frase do cara a detém.

– Doce ilusão…

Amy para e se volta querendo entender o que acaba de ouvir. O cara até tenta explicar…

– … eu quis dizer que é doce a ilusão de achar que se vai em frente.

– Então, para onde é que se vai?

– A gente só circula…

– Que papinho…

O cara mal ouviu o que Amy disse. Ele parece mais interessado em continuar expondo a sua empolgante teoria.

– … e volta para onde saiu… em espiral… sempre passando de novo por onde já estivemos, só que um pouco mais para o alto… ou mais profundamente… cada um na sua espiral.

Não é que a conversa e o cara israelense não estejam agradando Amy, mas ela se lembra do assunto que a estava fazendo "circular" pela balada.

– Então fique aí… Yochanan… voltando sempre para o lugar de onde você nunca saiu. Fui!

Enquanto se afasta, Amy pensa em algo e resolve voltar. Quando Amy se contorce para tentar, pelo menos, deixar com o cara um sorriso tão simpático quanto o dele, Yochanan não está mais por perto. O cara sumiu.

⏶

#O EDIFÍCIO espelhado fica à beira do rio morto-vivo. E reflete o congestionamento monstro nas marginais. Hora do rush. Noite de chuva. Inflação assombrando.

Guerra enriquecendo ainda mais a indústria bélica. Economia tentando se manter à tona com os caprichos das cepas da Covid e outros vírus que querem despertar do gelo. Rush, chuva, saúde e grana: quatro peças fundamentais da engrenagem atual do caos da cidade.

Vidros espelhados em um prédio, como disse o poeta, "do lado de baixo do Equador"? Sim. Colonialismo? Talvez, mas não só.

Oportunismo. Vidro espelhado aumenta o calor, a necessidade de ar-condicionado constante e o consumo de eletricidade. Isso amplia as várias fatias do lucro pelo caminho: de quem fabrica o vidro, constrói o prédio, vende o ar-condicionado, presta serviço de manutenção... mais obras para superfaturar... sem contar o lucro da concessionária que administra e distribui eletricidade para a cidade.

Há quem chame esse gesto, colocar vidros espelhados no prédio de um país tropical, de tradição. Assim como é tradição vestir e colocar barba postiça em Papai Noel no mesmo país tropical, onde a temperatura no Natal, por causa do aquecimento global, ultrapassa cada vez mais os 47 graus celsius.

"Tradição" é um excelente espelho para refletir o colonialismo. É só prestar atenção nos detalhes.

No topo do prédio espelhado à beira do rio poluído, em uma sala toda preta, à volta de uma mesa de mármore preto congelada pelo ar-condicionado, estão alguns lobos digitais. Embora elas estejam fora do rosto, cada um mantém sua máscara facial bem visível. Tem máscaras de cores fortes, de grifes sofisticadas e com estranhos desenhos que remetem aos logotipos e expressões dos heróis dos quadrinhos que migraram para os blockbusters cinematográficos de altíssimo orçamento.

Em volta da mesa estão jovens cientistas de dados com sangue no olho (erghhh!), ávidos por batalhas e prontos para competir e faturar; não necessariamente nessa ordem.

Os dedos e os olhos dessa alcateia, movida a lítio e a outros minerais bem mais nobres do que o ouro na atual configuração do mundo contemporâneo, percorrem ágeis e predadores as telas e teclas de seus celulares espertos, pranchetas turbinadas e laptops de última geração; "tudo ao mesmo tempo agora", como disseram os outros poetas, e sem deixar de prestar atenção na projeção holográfica de alta definição suspensa no meio da sala.

O clima está mais tenso do que sempre costuma estar. Os lobos chipados participam de uma conferência virtual com Max, o dono da guerra e do caos, o CEO da MAD ALGORITHM CO., empresa de alta tecnologia e, entre outras coisas, uma das maiores do mundo na criação e no controle de banco de dados.

Quem olhar de fora verá, de fato, uma arrojada e bem-sucedida empresa de criação de bancos de dados. É isso o que está no estatuto oficial, nas mídias sociais, nas declarações de renda de todos os países onde ela atua e nas rodadas de negócios com parte dos clientes.

O que não aparece e poucos poderiam provar é que a MAD ALGORITHM CO. tem um plano B, que lhe dá muito mais lucro; onde suas máquinas e a competência dos cientistas de dados de confiança têm como pauta diária remoer e triturar os dados para transformá-los em fortuna clandestina, massa de manobra e outras práticas que fariam os componentes eletrônicos das inteligências artificiais mais comportadas darem tilts e choques de altíssima voltagem.

Mesmo estando do outro lado do mundo físico, Max consegue fazer chegar ao iceberg de aço todo o vigor de sua fúria digital.

A figura holográfica do cara está um tanto quanto fantasmagórica. O sinal está falhando. Às vezes, a imagem sai cortada, os olhos somem, a boca fica estranhamente roxa, sílabas saem em rotação alterada.

Apesar da falha técnica dá para entender perfeitamente que ali tem um poderoso careca ainda jovem, dono de uma hostilidade elegante, vestindo *black jeans/ white T-shirt* e tênis arrojados, com um brinco de ouro brilhando na orelha esquerda, uma tatuagem de serpente escorrendo pelo braço direito malhado; e com o dobro da idade da maioria dos outros lobos, que congelam do lado debaixo do Equador. Mesmo com a holografia desfocada, não deixa de brilhar soberana a foice de diamante pendurada no pescoço que o cara traz sustentada por uma corrente de ouro-branco.

> ... regra número zero: não confiem em seres biológicos; somos incontroláveis... agora eu vou ter que pagar uma fortuna de honorários... em dólares!... por causa desse cretino... Eu quero saber: quem foi o irresponsável que interagiu com a comunicação desse *consumer*?

Silêncio mortal entre os lobos. O olhar arisco de Lisa confere discretamente o olhar assustado de Ryo, um garoto com traços orientais que está sentado em frente a ela. O cara oriental desvia o olhar. Lisa não parece disposta a desistir de passar para ele alguma mensagem cifrada pelo movimento das retinas.

E o CEO...

> Ok, vou acessar o algoritmo e descubro isso
> em dois segundos.

Ao ouvir a palavra mágica, a chave-mestra, a senha do cofre, o olho onisciente e onipresente da nova ordem e desordem mundial... ALGORITMO... Lisa não consegue se controlar e sussurra para Ryo...

– É melhor você falar do que ser descoberto, cara.

Ryo sabe que Lisa tem razão. É por isso que ele aciona um botão conectado à mesa para dizer...

– Fui eu, Max...

É com tom bastante protocolar, mas destemido, quase robótico, que Ryo assume a responsabilidade.

– ... o e-mail do *consumer* era bem amistoso eu não podia imaginar que...

O CEO já ouviu o que queria...

> Você é pago pra imaginar... prever...
> adivinhar... nós estamos no meio da guerra.
> Nosso mercado é um pântano envenenado.
> Nem você e nem qualquer um dos *players*
> têm autoridade para responder qualquer
> mensagem que chegue nessa caixa postal de
> reclamações.

– Eu errei, Max.

Você não tem permissão para errar.
"Nós NUNCA erramos!"

Depois de meia dúzia de palavrões em seu próprio idioma, o CEO careca continua falando com o Ryo...

Você explodiu uma granada na sua mão.
Tá fora da operação.

A maioria dos lobos em volta da mesa de mármore, tentando o máximo de discrição, comemora o que acaba de ouvir.

Um cara que parece ser jogador de rúgbi (Edgard) abre e fecha as mãos algumas vezes; a garota que lembra uma youtuber megatatuada (Alexia) arregala os olhos; um garotão com pinta de garçom de balada cara (Bruno) tecla com mais vigor.

São as formas sutis que eles encontraram para celebrar a saída de um concorrente em potencial para a sua próxima promoção rumo ao primeiro ou segundo milhão (afinal, "quanto mais dinheiro em jogo, mais a gente aposta", disse outra grande poeta).

Antes de se levantar e de sair da sala com passos velozes e furiosos, Ryo escaneia a alcateia com frieza, lança sobre Lisa o olhar mais bélico que consegue e sussurra...

– Traidora. Eu vou acabar com você.

Lisa não tem tempo de se ofender e nem de interagir. Ryo já evaporou da sala. E chega uma mensagem no celular dela. Discretamente e totalmente fora do protocolo e das regras do jogo digital que se pratica ali, ela aciona o comando no celular para ouvir a mensagem pelos fones espetados nos ouvidos.

Mensagem que cega os olhos verdes de Lisa, tira o chão de seus pés pequenos, suspende a respiração, acelera o sangue, comprime o estômago, e faz o corpo magro dela transpirar e se arrepiar.

É a mensagem de Jon enquanto corria.

II

#UM POUCO intrigada com o sumiço do cara israelense, Amy vai em direção ao seu alvo: o balcão onde estava o Servidor que a atendeu e, depois, a procurou com o *card* na mão.

Amy acha estranho não ver no bar do balcão quem ela pensava encontrar. Confere se errou de bar. Afinal, são tantos espalhados pela balada… mas o bar onde ela está é o mesmo de antes.

– Vai querer a sua dose *free* de *e-music* agora?

Na camiseta colada ao corpo de quem atende Amy está escrito Servidor, mas não se trata de um garoto. É uma garota. Negra. Pequena. Com jeito de menino. Aparentando menos idade do que deve ter. O cabelo que sobrou da passagem da máquina dois está pintado de cor de ferrugem. A garota é magra. Os olhos são assustados. Os lábios são finos. Os olhos e a boca estão sem maquiagem. Mais de uma dúzia de brincos e piercings espalhados pelas orelhas e uma tatuagem do lado esquerdo do pescoço.

– Cadê o…

A menina não faz questão nenhuma de ser simpática quando repete…

– Eu perguntei se você vai querer a sua dose *free* "agora"?

Parece que ela não está gostando muito de estar ali. Ou, pelo menos, não está gostando que Amy esteja.

– Já usou. Tô ligada. Dá o seu *card* que eu vendo outra. Vai custar caro, você sabe. É melhor conferir a tabela de preços antes.

– Cadê aquele garçom… quer dizer… o Servidor alto e loiro que estava aqui?

Em vez de responder a uma pergunta aparentemente sem sentido, a garota passa a mão sobre a tatuagem no pescoço, como se isso a acalmasse, e cruza os braços.

– Eu devo ter colado chiclete no cabelo de Jesus! Não é possível! Você tá vendo algum outro Servidor aqui? Alto… baixo…

A garota tem razão. Não há ninguém com ela atrás do balcão.

– Cadê o…

Antes de interromper a fala de Amy, a garota passa novamente a mão esquerda sobre a tatuagem.

– Escuta aqui: se você não me deixar em paz, eu chamo os *Boots* e eles cospem você da balada. Tá ligada?

II

#AMY está sonolenta...

– ... radiador... transmissão eletrônica... filtro de ar...

... e não tem a menor ideia sobre o que, exatamente, o cara barbudo e mascarado em frente a ela está falando.

– ... bateria... estação de multimídia... ignição...

Só algumas das palavras que vão saltando das frases Amy reconhece; mas não as associa a nada que faça sentido ao seu repertório. O cara continua estranhando Amy estar sem máscara, mas prefere não dizer nada; embora haja uma placa enorme na parede, sob o totem de álcool gel, avisando que o uso de máscara é obrigatório.

Está cada vez mais difícil para Amy prestar atenção nos detalhes e isso não tem nada a ver com o cara estar usando máscara. Na verdade, está cada vez mais difícil para Amy prestar atenção de uma maneira geral.

– ... 4×4... câmbio automático...

Faz calor demais na oficina. Amy não gosta de funk. Tem o jet lag do fuso horário quatro horas à frente. Está quase na hora do remédio que a mantém conectada.

– ... o seu carro ficou muito tempo parado...

– Por favor, será que daria pro senhor abaixar um pouco essa música?

Depois de enviar um olhar que quer dizer "quem manda aqui sou eu", o mecânico barbudão tira um controle remoto do bolso do macacão sujo de graxa, aponta-o em direção ao aparelho de som do carro de Amy e atende ao pedido dela.

– ... o carro estava muito mal conservado...

Mesmo com a música baixa, continua insuportável para Amy estar ali. É por isso que ela tira um dos cartões de crédito (*black-upper-top-master*) de dentro da bolsa de couro e ouro e o entrega ao mecânico.

– A senhora quer conferir os itens que eu troquei? Tá tudo de acordo, como eu aprovei com a sua amiga que trouxe o carro, a dona Crê... Crés...

– Créssida.

A lembrança da amiga incomoda Amy. Já faz mais de vinte horas que ela chegou. Amy enviou um enxurrada de mensagens e até agora Créssida continua off-line.

Mas esse não é o foco do momento. Amy quer se livrar logo do funk, do calor e do barbudão.

– Passe no crédito, por favor.

Os olhos do mecânico soltam faíscas desconfiadas. Ele ainda não está convencido de que Amy não vai querer um desconto. Há muito tempo aquela oficina não aprovava um orçamento tão alto.

– Quer parcelar?

– Anda logo com isso...?

A maneira como Amy acelera a frase, que não nasceu para ser uma pergunta, e sobe o volume da voz deixa claro que quem manda ali, naquele momento, é ela.

– A senhora tá se sentindo bem?

Em vez de responder, Amy faz questão de soltar uma rajada de ar aborrecido pela oficina.

– Se o senhor fizer mais alguma pergunta, eu deixo o carro aí e vou embora.

O mecânico fica confuso, pega uma máquina de conexão com a operadora da conta de Amy e passa o cartão (*black-upper-top-master*). Ou melhor, tenta passar. O sistema nega.

– Eu nunca passei um cartão desses aqui, dona Amy.

O que o mecânico quis dizer é que ele nunca passou um cartão tão "robusto" quanto aquele. Amy entendeu, mas fica intrigada. A bandeira do cartão é uma das mais populares. Só a categoria é que é para poucos... bem poucos!

O mecânico barbudão insiste...

– Não tá passando.

Antes de ir para a oficina, Amy tinha acabado de chamar um carro pelo aplicativo para ir do flat onde mora até lá e não teve nenhum problema. O cartão cadastrado no aplicativo é o mesmo.

– Não insiste mais. Vai bloquear o meu cartão.

Amy troca o cartão. Negado. Tenta outro. Negado. O quarto cartão: negado.

O mecânico está cada vez mais tenso com a possibilidade de um calote. Mas tem gotas de prazer e sílabas de vingança quando ele diz...

– A senhora deve estar bloqueada.

Amy precisa de um tempo para processar a frase e acomodá-la em algum lugar de sua precária atenção. É nesse meio tempo que chega uma mensagem de texto do aplicativo que ela usou, informando que a despesa de táxi foi negada pela operadora do cartão e que ela precisa entrar em contato imediatamente.

Mesmo assim, Amy não consegue deixar de dizer...

– O senhor sabe com quem está falando?

Claro que o mecânico barbudão sabe quem é aquele totem de arrogância dopado parado na sua frente. E até por isso que ele disse que Amy pode estar bloqueada.

Mas o cara não pretende responder. Ele não precisa humilhar Amy ainda mais. A realidade já está se ocupando disso perfeitamente.

– Como a senhora quer fazer?

A serena objetividade do mecânico deixa Amy insegura; e a faz pensar que, talvez, ele esteja certo. Sem baixar muito a guarda e a arrogância, Amy começa a construir a narrativa que a interessa...

– ... eu fiquei fora do Brasil muito tempo... até por isso o meu carro está nesse estado, ficou parado um tempão... acho que pode estar havendo algum problema com meus cartões... eu vou pedir pra secretária do meu...

Amy acha melhor corrigir a rota de sua narrativa e deixar o pai fora da cena.

– ... eu vou tentar resolver com a operadora... as operadoras... e passo aqui depois para acertarmos... pode ser?

Do meio de sua frase em diante, Amy está se comportando como quem ditou as próximas regras do jogo e já tivesse tudo resolvido. A resposta que o mecânico começa a dar até confirma a hipótese dela.

– Sem problemas...

– Obrigada. Onde é que está a chave?

Sem ser grosseiro e sem demonstrar a autoridade que ele sabe que tem no momento, o mecânico barbudão continua a resposta que tinha começado.

– … a senhora se resolve com o cartão, volta aqui, nós acertamos e eu libero o seu carro.

Amy fica furiosa, mas acha melhor não espalhar sua fúria contra o mecânico. E sim contra sua mãe, enquanto caminha pela calçada a pé, em direção ao café mais próximo da oficina.

Depois de resumir para a mãe o episódio desagradável que, ainda que meio sonolenta, acaba de viver, Amy quer saber, embora, na verdade, já saiba…

– O que aconteceu, mãe?

A voz da mãe de Amy é jovial; mistura algum pesar com uma estranha euforia.

– *Você tá falando no celular, na rua. Sabe em que cidade você está, meu amor?*

– Vai tentar me proteger agora?

– *Me respeita, Amy.*

– Tá. Mas agora pode mandar seu motorista me buscar.

– *Motorista?*

Parece que Amy não quer acreditar no que ela já entendeu desde que tentou passar o segundo cartão de crédito (*black-upper-top-master*) na oficina.

– Eu tô falando sério, mãe.

– *Eu também…*

A fala da mãe de Amy tem duplo sentido. Tanto confirma a legitimidade do que ela falou como serve de moldura introdutória para a gravidade do que dirá…

– *… não tem mais motorista. Tive que mandar embora.*

– Como assim?

– *… e hoje cedo a justiça bloqueou nossos bens. Nós estamos pobres, Amy.*

II

#AMY não se atreve a continuar no balcão, depois da advertência da Servidora que pensa ter colado chiclete no cabelo de Jesus. Ela volta para a pista. Camuflando-se entre os *dancers*, vasculhando a área que seus olhos conseguem alcançar, no meio de tanta fumaça e tão pouca luz.

Enquanto sacode a cabeça para tentar se livrar da sensação persecutória, Amy vê Ivan se esbaldando na pista com uma bela negra sem fim, de tão alta. E cheia de curvas. Com unhas azuis-metálicas. Anel de brilhante bem aquilatado. Curvas perigosas de sereia. Corpete de onça. Pernas de gazela. Saia curta de couro sintético preto. Colares étnicos. Cabeleira *black power*.

A sereia negra está totalmente focada na dança com Ivan, mas não ignora o bando de *paparazzi* que clicam suas caras e bocas. Os *Boots*, por perto, fazem a ronda quase babando com a beleza estonteante da celebridade que Amy não faz a mais vaga ideia de quem seja.

Desviando de Ivan, Amy vê Jon; que, ao que parece, preferiu continuar dançando consigo mesmo, cercado de olhares gulosos por todos os lados. Um pouco à frente, ela vê Mina dividindo a pista com mais um garotão sarado de pele clara e juba loira.

O cara está cheio de energia, com o corpão muito bem acomodado dentro de uma camiseta verde, calça escura mais folgada do que justa e cheia de bolsos, com o elástico da cueca aparecendo, barba por fazer e um par de óculos escuros tão aerodinâmicos quanto desnecessários.

Pela maneira como o cara dança, parece mais uma turma de garotos: as pernas, os braços, a cabeça, corpo… cada pedaço dançando uma música diferente. Mas, no meio da agitação, quando aparentemente o corpo parece que vai entrar em colapso, algum comando cerebral dá uma ordem ao caos, e o que caminhava para um auto esquarteja-mento (seja lá o que isso signifique!) vira dança novamente.

O cara gesticula em direção a Amy, convi-dando-a para dançar com eles. Impossível saber, pela (falta de) expressão no rosto dela, se Mina gostou ou não de seu par ter incluído Amy.

– Quero falar com você, Mina.

Mina não parece ter algo a falar com Amy, mas…

– Me espera no bar.

Amy não pretende perder tempo…

– Foi você, não foi?

Mesmo não gostando do tom arrogante que acaba de ouvir, Mina diz para o garotão…

– Já volto.

– Traz sua amiga, quando voltar.

Fingindo não ter escutado o "convite" do cara, Mina sai da pista, puxando Amy pela mão, até um corredor entre a pista e o bar.

– Tô aqui. Pronto!

Para Amy, não parece que Mina esteja mesmo "ali", mas…

– Foi você quem mandou um recado no meu *card*?

– Recado? No *card*? Que papo é esse? Se eu perder esse alemão gato por sua causa…

A luz piscante de uma máquina de fliperama perto das garotas fica mais clara e ajuda Amy a conferir a expressão de Mina. Ou melhor, a falta de expressão de Mina. Amy precisa levar aquela conversa na direção que a interessa. Para isso, ela pega o *card* e o dá para Mina conferir…

— Então, quem fez isso?

Mina não precisa de muito tempo para conferir o *card*.

— Isso o quê? O *card*? Provavelmente, uma fábrica de *card*s com holograma para baladas eletrônicas.

— Não é isso. Quem escreveu "cara perigoso" no meu *card*?

— Não tem nada escrito no seu *card*, além do seu holograma.

— Claro que tem.

Depois que confere, Amy é obrigada a concordar com Mina. Não tem mais nada escrito no *card*, além da holografia.

— Aqui estava escrito "cara perigoso".

— E eu que pensei que você fosse careta, Amy. Tá maluca?

Não, Amy não está maluca.

— Tô falando sério, Mina. Alguém escreveu no meu *card* com batom vermelho: "cara perigoso".

Amy não entende por que Mina está olhando tão atentamente para a sua boca. Mas ela já saberá…

— Não tem nada escrito no seu *card*, nem um borrão. E Amy: quem está com batom vermelho é você.

Mesmo com Mina "tentando normalidade", Amy está achando tudo muito estranho.

– Eu… eu tive uma… confusão, no bar, com o Jon e o Ivan…

– Os dois ao mesmo tempo? Wow! Você superou as minhas expectativas! Parabéns, Amy!

– … e saí deixando os dois falando sozinhos. Aí, aquele cara que nos atendeu veio atrás de mim e me deu o *card* com o recado. Quando eu voltei lá para falar com ele, só tinha uma garota… Espera um pouco…

Quando fala na existência da garçonete, aparece na já confusa cabeça de Amy a imagem da "Servidora" injuriada alisando a tatuagem.

Como se fosse um programa de aproximação de imagens de computador, a memória de Amy foca a tatuagem no pescoço da garota: a caveira estilizada com a palavra NEZHIT abaixo, a mesma que ela viu no braço do playboy russo.

Não dá para Amy trazer mais esse detalhe para a conversa. Pelo menos, não por enquanto.

– Mina, você se lembra de que era um cara o Servidor atrás do balcão, não se lembra?

– Sinceramente? Quando cheguei ao balcão, eu estava tão… fora, sei lá de onde… que não me lembro de nada. Só queria provocar você, por causa do Jon. Não tive olhos pra conferir se o Servidor era garoto, garota… anjo… ou demônio.

A falta de expressão no rosto de Mina está deixando Amy cada vez mais intrigada…

– Anjo ou demônio, Mina…

– Ihhhh… O que foi que eu fiz agora, Amy?

– Por que você falou sobre anjos e demônios?

… a curiosidade do corpo de Amy começa a dar choques.

A "EXPRESSÃO" de Mina, parada em frente a Amy, continua a mesma: sem a menor expressão.
- Eu falei sobre anjos e demônios?
Amy entende que Mina está se divertindo às suas custas.
- Não vou entrar no seu "papinho de espelho".
Os olhos arregalados de Mina rastreiam os olhos intrigados de Amy.
- Tem certeza?
Com a maior expressão de desdém que consegue imprimir em seu rosto, Amy resolve acabar com o tal "joguinho de espelho" de Mina, sorri…
- Tchau, "querida"!
… e vai para a pista. Quando está quase chegando lá, Amy confere quem está saindo de um dos banheiros unissex da balada: a sereia negra que estava arrasando na pista com o russo da panca de milionário.
Amy tem a impressão de que a sereia está olhando para ela com uma expressão de pouquíssimos amigos. Não demora para Amy entender que não é para ela que a sereia negra está olhando. E sim para SHIFT e DEL; os *Boots*.

Os caras fazem sinal para que Amy saia do caminho, para não atrapalhar o que pretendem fazer. E é o que Amy faz. Mas é impossível ela se desconectar dos movimentos deles.

Discretamente, Amy se volta para a direção aonde eles foram, a tempo de acompanhá-los em seu cerco à sereia negra. Eles pegam a garota pelo braço (não com muita força, mas determinados) e somem com ela do campo de visão de Amy, em direção à porta de aço, onde se lê a advertência **Acesso proibido**.

#LISA não tem tempo a perder. E tem o dom de transmutar seus sentimentos a uma velocidade atômica.

O assombro com a mensagem de voz de Jon virou desespero, fez escala em uma vertiginosa insegurança e conseguiu alcançar a fúria em questão de minutos.

– Lisa, você não engorda...

– Metabolismo.

– ... eu ia dizer "de ruim".

É tomada por essa fúria que ela se empanturra com mordidas compulsivas de X-búrguer, batatas fritas rústicas e goles de milk-shake, enquanto tenta convencer Mig de que o assunto é grave.

– Você não tá entendendo, Mig...

Mig divide apartamento, boletos, desventuras, seriados, doses de álcool, açúcar saturado e alguns segredos com Lisa.

– Tô sim, amada...

A dupla está sentada em uma das simpáticas mesas de madeira reciclada da calçada da praça, em frente ao food truck de aço escovado onde Mig trabalha; em uma das regiões da cidade onde se misturam empresas de tecnologia de ponta e algumas das mais arrojadas operadoras de capitais do mercado de ações.

– ... o que eu não estou é concordando.

A alça da máscara de Mig está frouxa e ele tem que ficar ajustando-a a todo momento para que ela permaneça onde deve estar: cobrindo sua boca e seu nariz. Mig poderia estar usando uma máscara nova e com as hastes menos desgastadas. Mas essa é a única que ele tem com a bandeira do arco-íris. A máscara de Lisa está sobre a mesa, acondicionada em um saquinho de papel branco, enquanto ela come.

Nas mesas em volta deles, jovens executivas e executivos disparam mensagens em seus celulares ao mesmo tempo que engolem seus lanches praticamente sem mastigá-los.

– ... o Jon me bloqueou.

Enquanto interage com Lisa, Mig não desgruda da tela trincada de seu sucateado celular de antepenúltima geração; onde não cabe quase mais nada da memorabilia eletrônica que ele vem acumulando.

– É só bater a saudade que ele te chama, amaaada.

A esperança com o que acaba de ouvir faz Lisa conferir mais uma vez a tela ultrassensível de seu arrojado, robusto e supersônico celular.

– Acho que desta vez não, Mig.

Mesmo sendo noite, os carros continuam infestando as ruas em volta do food truck com gasolina a cada dia mais cara, aceleração desnecessária e buzinas muito mal-educadas.

– Ele nunca tinha feito isso antes.

– Tinha, sim.

Mig se empolga com a mensagem que acaba de chegar.

– Uuuuui!

– "Ui"?

É teclando com as pontas dos dedos finos para responder à mensagem que Mig legenda sua empolgação.

– O boy de sábado, lembra?...

Não. Lisa não se lembra.

– ... com quem eu tomei um café ontem. Tá me chamando pra sair hoje. Três dias! Já posso chamar de romance, não posso?

Chega mensagem para Lisa.

– Você não tá prestando a menor atenção no que eu tô dizendo, Mig.

Lisa confere o celular. Não é o Jon. São mensagens do "grupo master" do trabalho. O chefe quer saber qual o status atual de Lisa na aprendizagem de mandarim.

E Mig...

– Desculpa, miga, mas faz uma década que um boy da balada não dura... mais do que uma balada.

Enquanto digita para o "CEO holográfico", que consegue ler e escrever em mandarim, mas que, ao falar nesse idioma ainda comete alguns erros gramaticais, Lisa diz...

– O Jon rompe comigo e você vem com esse papo de boy de balada.

Mig quase tem um torcicolo enquanto confere o entregador de comida por aplicativo que acaba de cruzar a praça pedalando. O cara o ignora. Mig fica arrasado.

– "Oi, gata?" Quem "se bloqueou" foi você, né?

Chega mais uma mensagem para Mig. Ele reage...

– ... ui!

... e interage, se reanimando. E Lisa...

– Fui eu que fiz o Jon me bloquear, Mig?

Mig responde à mensagem e fala ao mesmo tempo.

– Controlar até o tempo da corrida do cara? Tudo bem que o Jon é o fofo dos fofos, mas vamos combinar que você tá abusando um pouco da paciência dele?

Os pensamentos fazem os movimentos dos olhos de Lisa se acelerarem.

– Ele tá tendo um caso.

– O Jon te AAAAAA... MA.

– Ele só ama aquele bicho nojento.

Mais uma mensagem para Mig. Antes de responder, ele tem que ajustar a máscara novamente.

– O Xicão é um fofo, Lisa.

– Cheio de pulgas, mal-educado. Eu detesto aquele cachorro.

– Acho que a recíproca é verdadeira. Ele também não vai com a sua cara... e o Xicão não tem pulgas!

– O Jon tá me traindo, Mig. Eu sei... eu sinto...

Mig responde à mensagem enquanto adverte...

– Quantas vezes você já "sentiu", foi apurar... e não era nada?

– Ele tá muito estranho, cara.

Mig reflete e concorda com Lisa.

– É. Pensando bem, também tô achando o Jon meio "esquisitinho". Mas não acho que seja por causa de outra mulher.

Lisa pensa um pouco e se assusta.

– Será que ele tá tendo um caso com algum cara?

O nervosismo faz Lisa passar álcool gel nas mãos novamente, mesmo ainda estando no meio da refeição.

– Ai, que marcaçãããão! Para, Lisa... relaxa, miga... Cê vai acabar perdendo o Jon. O universo não costuma dar dois gatos pra mesma pessoa. Eu que o diga!

Chega mais uma mensagem para Mig. Ele se empolga. Mas também fica aflito.

– O cara tá me chamando pra ir pra casa dele, Lisa! O que eu faço?

– Cuidado com esses caras que você conhece na balada, Mig.

Mig ignora a advertência e responde à mensagem pelo celular, deixando que a máscara com a bandeira do arco-íris escorra pelo seu rosto.

– Eu vou.

II

AMY se afasta do bar sem ter a menor ideia de por que os *Boots* levaram a sereia negra embora. Mas ela não quer perder mais tempo com isso.

Enquanto procuram Ivan, os olhos de Amy veem Jon; como sempre, dançando sozinho e com ares de dono da balada.

Sem perceber como isso aconteceu, Amy se vê aprisionada por uma formação inédita; pelo menos, para o seu entendimento. Tem dois garotões com traços árabes convidando-a para dançar e, ao mesmo tempo, já a envolvendo na dança, no que se pode chamar de "sanduíche techno das Arábias".

— Acho que eu estou vendo coisas...

Amy se refere ao fato de, a não ser por um estar com uma camiseta azul-marinho justa e o outro, com camiseta preta mais folgada, os dois garotões serem exatamente iguais: os mesmos cabelos pretos encaracolados, as mesmas sobrancelhas grossas, a mesma pele moura e os mesmos corpos magros.

Em relação às camisetas, no escuro da balada, também daria para se confundir. Nas duas está escrita a frase: Free Egypt Now.

— Será que os meus olhos estão multiplicando os *dancers*?

O primeiro a falar é o de camiseta preta...

— Hana Hassan Tahir Thabit.

— Hana Hassan Abdul-Salam.

O tom da voz também é bem parecido. Um tanto quanto óbvio, mas...

— Vocês são gêmeos?

E Hana Hassan Abdul-Salam...

— E ele é o gêmeo do mal.

Até as gargalhadas dos gêmeos se parecem.

— Então, eu prefiro o Hana Hassan... só guardei essa parte do nome. Mas eu prefiro o gêmeo do mal.

É o próprio "escolhido" quem completa...

— ... Tahir Thabit.

— Até chegar ao nome que os diferencia demora, hein?

— Pode nos tratar pelos dois últimos nomes, fica mais fácil.

Os irmãos gêmeos fecham mais o cerco em torno de Amy.

— Ainda assim, vai demorar até você saber quem é quem.

Quem fala agora é o Abdul-Salam...

— Isso é normal. Mas depois dos beijos, você vai saber quem é quem.

Para que não comece naquele momento o primeiro da provável série de beijos esperada pelos gêmeos, Amy tem que empurrar Abdul-Salam.

Ainda assim, ela tenta ser simpática...

— Mais devagar, que o meu camelo dá patadas.

Soa mal para os caras a negativa de Amy. Especialmente para Tahir Thabit...

— Os dois ou nenhum.

— Nenhum.

Pela expressão deles, os caras não parecem convencidos.

— Não é não.

... e Amy se afasta, frustrando os planos dos gêmeos árabes Hana Hassan Tahir Thabit e Hana Hassan Abdul-Salam, tão ágil quanto eles tinham sido ao se aproximar.

Focando novamente na trama que a movia, Amy segue buscando por Ivan; cruzando o labirinto de luz negra e difusa, mal enxergando o que se passa à sua volta, cercada de música techno por todos os lados e cada vez mais intrigada com a balada.

⚅

#QUANDO entendeu que, mais uma vez, sua mãe não poderia ajudá-la e que, se continuasse aquela conversa, também mais uma vez ela poderia contribuir para piorar as coisas do seu lado, Amy se livrou da ligação o mais rápido que pôde.

Ainda meio zonza, tanto pelas notícias quanto pela falta de seu fiel escudeiro que a mantém conectada, Amy começou a bolar o que se poderia chamar de estratégia de sobrevivência para o caos que se aproxima.

O celular continua funcionando. E a conta bancária, será que segue ativa? O aplicativo de acesso pelo celular está bloqueado, mas pode ser pela falta de uso depois de tanto tempo.

Ali perto de onde está, tem uma agência de seu banco. Caminhando pela calçada em direção à agência, Amy envia mais uma mensagem de texto para Créssida, que continua off-line.

Lembrar-se da advertência da mãe sobre a violência à flor da pele, espalhada pelas ruas da cidade, faz Amy guardar o celular na bolsa.

O funcionário do banco que está a postos perto dos caixas eletrônicos estranha uma cliente que está sem máscara pedir que ele higienize uma das máquinas antes que a use, mas...

– Pois não, senhora!

A biometria de acesso à conta também está bloqueada. A agência já está fechada. Revirando a bolsa, Amy encontra uma única, mas robusta, nota máxima de euros. Já ajuda.

De um café, Amy tenta ligar para Créssida, já que as mensagens não estão funcionando. Caixa postal.

Para entrar no café, Amy finalmente se submeteu ao uso da máscara. Mas ela só fez isso porque precisa da ajuda do proprietário.

O dono do café aceita os euros como pagamento e devolve uma boa quantia em moeda corrente para Amy, o que permite que ela pegue o táxi para o flat onde mora.

O dono do táxi também obrigou Amy a permanecer mascarada. Já acomodada e afivelada no banco de trás do carro, Amy localiza o contato de Créssida, e encontra ali um segundo número: o telefone fixo da casa da amiga.

– *Oi, querida...*

É a mãe de Créssida quem atende. O tom do outro lado da linha faz parecer que a pessoa falará com alguém doente ou que precisa de ajuda.

– *... Créssida não está. Passou aqui depois da faculdade e disse que só chegaria à noite. Você já tentou o celular?*

Amy não está aguentando mais ouvir aquele tom de voz.

– *Eu posso te ajudar, Amy?*

Claro que a mãe de Créssida deve saber exatamente o que está acontecendo com Amy. Créssida também deve estar sabendo. Talvez seja por isso que ela está dando esse perdido em Amy. Pensar assim deixa Amy mais preocupada e ela se sente mais frágil.

– *Amy...?*

– Não. Eu não preciso de ajuda...

Que mentira!

– ... obrigada. Se a Créssida ligar, por favor, diga que eu estou procurando por ela.

A mãe de Créssida mastiga mais umas duas ou três frases socorristas, mas elas não chegam até Amy.

– A senhora quer que eu ligue o ar? Não é seguro andar com os vidros abertos.

Amy não responde ao motorista. A voz lenta do aplicativo orientando o caminho que, por alguma razão sombria, é o que mais interessa ao algoritmo, não a está incomodando.

A brisa fria, em pleno verão, que entra pela janela do táxi parece fazer bem a Amy. Ou parecia. Até que o carro para em um sinal e tudo em volta dela vira abismo.

Salta em frente a Amy, pela janela do carro, uma estranha figura. Com rosto de fome, vincado por rugas, com lábios secos, olhos vermelhos e cabelos adoecidos pela interação cruel com o sombrio.

Não dá para entender se é um homem ou uma mulher. A gola do que foi uma... camisa?... está rasgada. O cheiro do acúmulo de misérias que exala da figura embrulha o estômago de Amy.

Acuada, quando Amy se prepara para tirar da bolsa a única nota do dinheiro que lhe restou, a triste figura abre o que era para ser um sorriso; mas os poucos dentes que restaram estão podres demais para isso.

É desse abismo desdentado que começam a sair as frases...

– ... eu não quero seu ouro... ele é veneno para a alma... mata mais do que tudo...

Amy não consegue captar as últimas frases da triste figura. O motorista já fechou o vidro, o farol abriu e o carro voltou a andar.

Como não dá para Amy tentar entender, com o seu repertório intelectual, a... conexão?... que acaba de... ter?... ela deixa que a estranheza do que está sentindo vá se afastando por si só. Mas fica em Amy a sensação de conhecer aquelas frases de algum lugar.

– Chegamos, senhora.

Só quando chega ao flat um pensamento arrepia as raízes pintadas de ruivo dos cabelos de Amy: e se a mandarem embora do seu apartamento? Como vai ser?

Pensar que ela tem, pelo menos, mais seis meses de pagamento adiantado do flat a alivia. E alivia ainda mais ver um par de pernas magras e braços finos tatuados, a juba loira premeditadamente despenteada e os dois enormes olhos verdes sempre arregalados conferindo se é mesmo Amy quem está chegando.

– Créssida!

Créssida não espera que Amy entre na recepção do flat. Depois de abaixar um pouco mais a barra do vestido vermelho sem alças, que insiste em subir um centímetro cada vez que ela respira, Créssida vai encontrar a amiga que acaba de sair do táxi.

Sempre que está usando máscara, como agora, Créssida fala mais alto do que precisaria, temendo a outra pessoa não a escute ou entenda.

– ... você quer ir ao banheiro... ou fazer alguma outra coisa em seu apê?

Amy já está acostumada a Créssida nunca começar uma conversa pelo começo. É tirando sua máscara que ela ironiza...

– Fiz ótima viagem, sim, Créssi. Obrigada. E com você, tá tudo bem?

– Bobagem esses detalhes, a gente se falou o tempo todo, foi como se eu estivesse lá com você.

Na verdade, as duas não se falam há uns cinco dias.

– Você já sabe de tudo, né?

Créssida arregala um pouco mais os olhos, se é que isso é possível, o que confirma a hipótese de Amy.

– Me dá seu celular.

Amy nem tem tempo de negar. Créssida tira o celular das mãos de Amy e o desliga. Ela nunca se incomodou muito com o protagonismo de Créssida.

Na verdade, desde pequenas, a amiga extrovertida funcionava com uma espécie de extensão, uma continuação da própria Amy, como se fossem "amigas xipófagas". Perto de Créssida, Amy sempre operou mais no modo *slow*; ainda mais quando as químicas de tarja preta começaram a fazer barulho dentro dela.

– Por que você tá fazendo isso, Créssida?

Depois de desligar o próprio aparelho, Créssida pensa em algo que a preocupa...

– Você tem mais algum celular na bolsa?

– Não.

– Tá. Então, espera.

Créssida evapora da frente de Amy. E logo volta sem os celulares nas mãos.

– Vem comigo.

– E os celulares?

– Pedi para a recepcionista guardar. Vem.

– Aonde, Créssida?

– ... no caminho eu explico.

Assim que alcançam a calçada, Créssida confere se não estão sendo seguidas. Amy acha graça.

– Pra que tudo isso, Créssida?

É com a empolgação de quem participa de um filme de ação de alto orçamento que Créssida diz, enquanto se livra da máscara...

– Achei melhor conversarmos fora do seu flat e sem o celular por perto. Se for verdade que os algoritmos estão gravando tudo, é melhor ficarmos espertas.

– Não sou eu quem deveria estar paranoica, apavorada?

– E por acaso você não está?

A euforia cinematográfica de Créssida vinha distraindo Amy do foco de sua preocupação. A pergunta da amiga a traz de volta para a realidade que ela, precariamente, ainda está tentando decodificar.

– Desde quando você sabe que os bens da minha família foram bloqueados?

– Sua mãe me falou ontem que isso ia acontecer hoje.

– Por que você não me falou?

– Fiquei insegura de mandar mensagem... algoritmos!

– Por que eu não vi nenhuma notícia na internet?

– Estão acontecendo coisas mais importantes do que os perrengues da sua família. Guerra... crise mundial de semicondutores... inflação globalizada... e essa variante nova... nem quero pensar nisso! E a apreensão dos bens é muito recente, começou a rolar há uns três dias. Os advogados do seu pai estão tentando segurar a divulgação. Mas daqui a pouco estoura na imprensa.

Ao ouvir a palavra "imprensa", Amy sente um arrepio e se aborrece. Desde que tudo aconteceu, a mídia tem sido bem rigorosa com ela.

– Eu deveria ter ficado viajando.

– Com que dinheiro, amor?

Quando Créssida diz a palavra "dinheiro", cheia de camadas, é Amy quem arregala os olhos. Créssida se retrai. Amy se apavora.

– Créssida, você não falou nada pra minha mãe sobre aquela grana, falou?

– Claro que não.

Só agora Amy percebe o quanto Créssida está assustada. Isso a deixa com um pouco de culpa.

– Desculpa.

O pedido de desculpa de Amy deixa Créssida indignada.

– Desculpar...

O tom furioso assusta Amy. E ela se assusta ainda mais quando ouve da amiga...

– ... quero ver como é que você vai me tirar dessa encrenca.

#NÃO vai ser muito fácil para Amy encontrar Ivan. A pista está bem mais cheia. Quem ela encontra... ou melhor, por quem ela é encontrada: pelo cara oriental ligado nos 330 volts.

Amy pensa em negar acesso. Está claro que o cara já andou se esbaldando nas doses do *e-music*. Mas alguma coisa no olhar dele faz Amy mudar os planos e cair na dança. Dividida em duas: o corpo de Amy segue os passos do oriental eletrizado, os olhos dela continuam escaneando a pista, buscando Ivan. O cara oriental não ignora que Amy procura alguém, mas parece não se importar.

Depois de algum tempo…

– Água?

– Água.

Quem perguntou foi o cara. Da pista para o bar mais próximo são poucos passos. O cara é mais rápido e entrega o *card* para a Servidora.

– Duas águas, por favor.

Não é o bar onde Amy já esteve. A educação do oriental ao falar com a Servidora chama a atenção de Amy. Nem parece o mesmo moleque sem controle da pista.

– Youhan.

– Amy.

Conferindo as letras estampadas na camiseta de Amy, Youhan diz…

– Eu estava ligado!

Amy acha graça no duplo sentido do cara.

– Dá pra parar de olhar pros meus olhos?

– Ok, Amy. Eu faço esse esforço.

A Servidora volta com as garrafas de água e o *card* de Youhan. Ele pega uma delas e fica em dúvida.

– Posso abrir pra você, Amy?

– Obrigada.

– "Obrigada, sim" ou "obrigada, não"?

Amy confirma com um "joinha". Depois de abrir, Youhan entrega a garrafa para ela e pega a outra sobre o balcão.

Levantando a garrafa no ar, ele brinda...

– Viva Amy!

– Viva o...

Ter de repetir seu próprio nome, que ele acabara de dizer, não parece desagradar em nada o ex-cara sem controle da pista e atual cavalheiro de plantão.

– ... Youhan.

– Difícil guardar esse nome.

– O nome é chinês. Quer dizer, eu sou chinês.

Além de educado, Youhan também é bastante objetivo...

– Cadê a sua amiga?

– Ela não é minha amiga. Conheci a Mina aqui.

– Então, se eu fosse você, tomaria cuidado com a Mina.

– Por quê?

– Pelo que ela "mostra" no rosto.

– Mas ela não mostra nada.

A própria Amy se sente ridícula com a obviedade do que disse. A risadinha sarcástica do cara chinês só piora o desconforto dela.

– No mundo da superexposição, não mostrar nada é sempre mais perigoso. Talvez tanta exposição seja justamente para isso mesmo: para não mostrar o que interessa.

Além da ironia, há uma sombria camada de lamento na forma como Youhan fala. Amy se liga e arregala um pouco os olhos curiosos. Claro que o chinês se liga que ela se ligou.

– Só esclarecendo, Amy: eu não sou policial.

– Então, quem é você?

Antes de responder, Youhan confere em volta...

– Eu sou de uma China que você desconhece.

– Só se fala na China.

– Só se fala na China que interessa para eles de que se fale...

Amy começa a desconfiar aonde essa conversa quer chegar...

– Depois a gente conversa. Obrigada pela água.

... e sai dançando, evaporando em direção à pista, mas sem conseguir se desconectar da conversa bélica do cara chinês.

#MESMO se sacudindo na pista, Amy não consegue parar de pensar nos detalhes que crê estar captando. Ainda mais quando confere os destroços do relógio na parede, que insiste em mostrar 11:11.

– Aonde vai com tanta pressa?

Ao reconhecer o dono da voz, ela se surpreende. Mas sente até um certo alívio.

– Não é uma miragem…

Desarrumando os cabelos para trás, Ivan sorri para ela e continua…

– … eu sei que sou bonito…

Ivan está brincando. Amy gosta da brincadeira. E tenta atraí-lo, lançando um de seus premeditados sorrisos atrevidos. Ivan praticamente ignora o sorriso e continua…

– … também sei que a minha chegada costuma causar uma boa impressão, Amy. Mas eu confesso que, da sua parte, eu não esperava tanta alegria em me rever. Onde é que você aprendeu a sorrir assim?

– Assim como?

– Seu sorriso suga.

Amy tenta ser discreta, ao conferir mais uma vez a caveira estilizada e a palavra NEZHIT no braço do garotão russo, enquanto diz…

– Então, ainda tenho chances com o Ivan?

A brincadeira sedutora de Amy deixa Ivan desconfiado.

– Depende do que você quer do Ivan.

O próprio Ivan acha que exagerou na desconfiança…

– Desculpa, Amy. É que, depois do papo com aquele moleque, as coisas que nós dissemos…

Amy tenta encaixar na fala de Ivan um desvio que possa levar a conversa para onde a interessa…

– Quais coisas?

– … esse papo de russo milionário… de helicóptero…

Ivan não parece nem um pouco aborrecido ao construir a narrativa desse pseudolamento.

– … é tudo verdade. Quer dizer, quase tudo.

– Você não é milionário?

– Sou. Minha família ganha a maior grana com exploração de tungstênio. Mas eu não tenho helicóptero…

– Relaxa! Não vou pensar que você é pobre por causa disso.

– O que eu tenho é um jatinho. Aliás, meu pai tem. Mas eu uso o avião mais do que ele. Eu adoro pilotar.

– Acho que eu nunca falei com alguém que tivesse um jatinho. Ainda mais um russo.

– Faz tempo que a Rússia mudou. O mundo mudou… e o Brasil também está mudando.

– Então você conhece bem o Brasil?

– Faz parte do meu trabalho.

Mesmo estando um pouco interessada no assunto, Amy não quer dar tantos pontos para o ego do playboy russo. E nem continuar com esse papinho sobre geopolítica.

– Como essa situação para mim é inédita, Ivan, me ajuda: o que diz uma garota a um cara russo quando descobre que, além de ele ser um gato, também tem um jatinho?

Agora é a vez de Ivan sorrir, o típico sorriso animado de quem esperava ouvir tudo, menos o que Amy acabara dizer.

– "Aprovada". Eu estou cansado de ver como as mulheres mudam o tratamento comigo quando descobrem que eu tenho muita grana.

As coisas estão indo bem, rápido demais. É melhor Amy ser cautelosa.

– Cuidado. Talvez eu seja só mais uma garota interesseira.

Ivan não consegue ficar muito tempo fora do papel de machista estúpido…

– … talvez quem tenha que tomar cuidado seja você.

Amy se desconecta da conversa com Ivan por alguns segundos, para acompanhar a aproximação de Jon. Se é que se pode chamar de aproximação o fato do garotão, que se acha o dono da festa, ter debandado do meio da pista para dançar mais perto de onde ela está.

Amy acabou perdendo algo que Ivan falou…

– Oi?

– Eu perguntei se você aceita entrar no maravilhoso e perigoso mundo de um garotão russo milionário.

Amy está feliz por Jon ter se aproximado. Mas também não pode dizer que esteja totalmente indiferente ao russo arrogante, que nesse momento está mais perto ainda. E que tem um jatinho!

– Preciso de legenda, Ivan: você está me cantando ou me ameaçando?

– Não consigo separar uma coisa da outra.

Amy se lembra de que, para além do flerte, ela está ali para tentar entender…

– O que significa essa tatuagem no seu braço, Ivan?

Para se conectar ao que Amy está falando, Ivan tem que conferir a tatuagem.

– O que é que tem a minha tatuagem?

– O que está escrito embaixo do crânio da caveira?

Ivan não está muito disposto a falar sobre o assunto, mas responde…

– Nezhit.

– Eu quero saber o que essa palavra significa.

Ivan está começando a perder a paciência…

– Amy, é só você dizer que não tá a fim de mim que eu dou o fora. Depois dessa, nem precisa.

– Só porque eu perguntei sobre a sua tatuagem?

A cada frase, Ivan está mais contrariado.

– Tá pensando que eu sou palhaço?

Amy também começa a perder a paciência.

– Como você é arrogante, cara. Eu não leio a mesma cartilha que o bando de garotas penduradas nas asas do seu jatinho.

– Isso eu já tinha percebido e acho que é por isso que eu estou aturando você.

Não dá para entender se o que Ivan acaba de dizer é: mais um passo em direção ao desentendimento!; ou se ele está lamentando!!; ou, ainda, se ele voltou a cortejar Amy!!!

– "Estava aturando", Ivan. A plebeia resolveu sair fora.

– Agora você não vai sair fora… mesmo.

Ainda no meio da frase, Ivan laça Amy com um braço, trança-a com o outro e tenta beijá-la. Amy o empurra e lança sobre ele o seu olhar mais atrevido.

– Se liga, cara, que papo é esse de vir me beijando, sem o meu consentimento?

– Pensei que "aqui" pudesse tudo.

– "Tudo" não inclui perder o respeito.

– Foi mal. "Posso"?

– Assim é melhor. Pode.

Ivan arremessa um beijo nos lábios de Amy. Beijo estonteante. Ensurdecedor. Em HD… 3D… 5D… 5G… E envenenado. Muito envenenado.

11

#NÃO fazia o menor sentido para Jon o fato de Xicão rosnar daquele jeito enquanto o cara saía do apê que os dois dividem.

– Eu não vou correr, cara. Tô indo trabalhar, pra pagar a sua ração.

Quando Jon tira a máscara que tinha acabado de colocar e volta à lavanderia para conferir se está tudo bem com Xicão, ele encontra o cachorro trucidando uma correspondência que o zelador passou por debaixo da porta.

– Se liga, Xicão!

Abrindo os restos do envelope, cheio de baba, que tirou da boca de seu fiel companheiro, Jon entende a razão do protesto. É uma mensagem da imobiliária. Pedindo mais uma vez o apartamento. O prazo que eles tinham dado para Jon sair se esgota em cinco dias.

– Tamos ferrados, brother!

Pedalando em direção às aulas como personal trainer que dará, Jon vai tentando buscar soluções para seu "problemaço". Se fosse só ele, qualquer amigo poderia hospedar Jon até que o cara arrumasse um lugar definitivo.

Ele e Xicão juntos, uma das meninas que está a fim de Jon até se ofereceu para hospedar. Mas, de sua parte, Jon não está a fim dela o suficiente para aceitar o "convite".

Na verdade, Jon não está nem um pouco a fim dela. Ele não quer brincar com os sentimentos de uma menina que acha legal. O cara não gosta de brincar com os sentimentos de ninguém.

E continua impregnado de Lisa por todos os lados; por fora, por dentro. O armário ainda tem vestidos dela pendurados; as gavetas estão cheias de suas meias e calcinhas; a geladeira tem duas peras, que eram dela, já querendo apodrecer; no banheiro, o frasco de shampoo de Lisa está pela metade; nos sonhos de Jon, ela faz participações especiais, das quais Jon nem sempre entende o sentido.

O cheiro, o som, a fúria, a textura da pele, a temperatura... tudo de Lisa está ainda na órbita de Jon. Ele não vê a hora de que isso tudo evapore, mas ainda não evaporou.

Voltar para Lisa? Fora de cogitação. Jon estava se sentindo sufocado demais, controlado demais... amado demais? Se isso é amor, Jon prefere não ser amado.

Depois da única aula que deu (duas meninas cancelaram; essa nova variante do coronavírus voltou a assustar até os mais destemidos), Jon tem um almoço marcado com suas mães e é nessa direção que ele pedala.

O trânsito está tranquilo. Ou, pelo menos, bem mais tranquilo do que Jon.

... e passar um tempo na casa das mães? O cara também não cogita essa hipótese. Uma das mães de Jon é alérgica a pelos. E Jon é alérgico aos palpites da outra mãe.

Tão envolvido e confuso está, tentando arrumar uma alternativa para o seu futuro, que Jon não percebe a 4×4 prata, de cabine dupla, que entra a toda velocidade pela esquerda e quase o derruba da bike.

– Moleque folgado. Acabou com o meu para-choque.

A vontade de Jon é rosnar para o cara furioso que desceu do carro. O para-choque está praticamente intacto; a bike de Jon só encostou no carro. Mas o cara está pilhado demais. Pilhado e com o olhar meio vago; espumando fúria ácida pelos cantos da boca. Um cara grandalhão, cabeça raspada, sem máscara, e vestido com o que presume ser elegante (calça jeans de cintura alta, camisa com as mangas compridas arregaçadas e marcas de suor debaixo dos braços, sapatos de bico fino, relógio e pulseiras de ouro).

É nesse momento que uma estranha onda magnética invade a órbita de Jon, seguida por uma pressão no estômago, que faz o cara contrair o abdome para se proteger de algo que ele sabe que é ruim e perigoso.

Tudo em volta de Jon começa a girar. Ele tem tido algumas vertigens ultimamente (stress?), mas a onda magnética e o soco no estômago são sensações inéditas.

Como das outras vezes, a tontura logo passa. E Jon consegue se controlar o suficiente para lançar um olhar amistoso para o cara, antes de se desculpar...

– Foi mal...

... embora tenha certeza de que não está errado. Mesmo sendo bem mais forte, mais jovem e mais ágil do que o cara, Jon acha melhor não criar caso...

– ... desculpa aí, mano.

Ao ouvir a palavra "mano", o cara comprime os dedos e transforma as mãos em duas patas afiadas e pontiagudas, que lembram um pouco as mãos em riste nos cartazes de propaganda das campanhas da URSS, na época do socialismo.

– Mano é a...

Junto com o palavrão que o cara emite, a onda magnética negativa dá outro soco na boca do estômago de Jon, tentando entrar. Parece que ela quer invadir Jon de qualquer forma.

– Qual é, brother?

O olhar amistoso que Jon insiste em lançar para o cara o deixa furioso.

– Frouxo!

Jon está achando aquele cara bem louco. E é esperto o bastante para entender que o encontro pode acabar mal; e ágil o suficiente para subir na bike e deixar o cara falando sozinho.

– ... covarde...

Ao ouvir a última frase, Jon já está com a alguma distância. Ele vira-se de costas, se despede do cara com o dedo médio da mão direita em riste e, acelerando as pedaladas, busca um caminho na contramão do tráfego de carros, para que o cara não possa cumprir a ameaça que está fazendo...

– ... não adianta fugir...

É um pouco injuriado e ainda tomado pelas tentativas de invasão da estranha onda magnética do cara furioso que Jon chega ao restaurante natural, onde suas mães o esperam.

O restaurante preferido de Jon. É caro demais para o bolso dele, mas são as mães que estão pagando.

De longe, Jon cumprimenta o gerente, ao mesmo tempo que troca beijos simbólicos com Julia e Sandra;

só depois ele tira a máscara. Julia está deixando os cabelos ficarem brancos naturalmente. Desde o começo da pandemia, quando os salões de beleza fecharam, ela deixou os cabelos na cor natural e gostou do resultado. Quando os salões reabriram, Sandra voltou a colorir os seus do mesmo tom de ruivo natural de antes.

– Você tá quente, filho.

Foi Julia, a mãe de quem Jon é alérgico aos palpites, quem percebeu que o sangue dele está quente.

– Vim de bike.

– Não é só isso, Jon.

– Ihhhh… começou!

Sandra também percebe que Jon está excessivamente incomodado.

– Tá tudo bem?

Tanto Sandra quanto Julia sabem que Jon tem algumas razões para estar assim: o rompimento com a namorada; as aulas, que estão em um momento de baixa; a conta bancária cada vez mais no vermelho. Sem contar o que elas não sabem.

– Não, né, mãe? Não tá tudo bem.

A frase desaba da boca de Jon sem que ele consiga controlar. Isso o deixa mais injuriado. O cara não gosta de reclamar. Principalmente com as mães, que sempre acham que suas reclamações não são desabafos, e sim pedidos de ajuda.

– Podemos ajudar?

Quem perguntou foi Julia. Respirando fundo, Jon consegue improvisar uma certa tranquilidade.

– Desculpem. Tô exagerando. É que um cara estranho me fechou no caminho e...

Jon se arrepende de ter começado a falar. Mas agora é tarde.

– Filho, muito cuidado com esses malucos...

– Lá vem a Julia outra vez.

– ... tá todo mundo vivendo em uma panela de pressão.

Sandra põe a mão com carinho sobre a mão de Julia.

– Deixa o garoto, amor.

Depois de respirar fundo, Jon sorri para as mães...

– "O garoto" tá morrendo de fome, vamos pedir?

Enquanto os olhos de Jon percorrem o cardápio, o cara comprime o abdome. É que ele sente novamente a tentativa de invasão da energia ruim das patas afiadas do cara no trânsito.

⏸

#DEPOIS de curtir o beijo que acaba de receber, Amy desenlaça-se, devolve Ivan para si mesmo e como se nada tivesse acontecido...

– Vou sair fora, sim. Fui.

... e volta para a pista. É em direção a Jon que Amy dança/caminha; ou caminha/se sacode; ou se sacode/dança. Enfim, é indo em direção a Jon que Amy foge do tentador efeito de se deixar envolver por Ivan.

A ideia é unir o útil ao agradável: nada como um garotão novo para esquecer o estrago causado pelo outro.

Quanto mais perto de Jon, mais lentos vão ficando os passos de Amy. É como se ela estivesse aterrissando ao som de um remix quase romântico; como se quisesse dar tempo para que sua chegada fosse percebida por Jon.

Que nada! O cara continua impassível, quase totalmente de costas, e não parece sentir que ela, agora, está a menos de um passo dele.

Só quando já orientou os passos de sua dança para girar em torno de Jon e ficar em frente a ele, só nesse momento Amy percebe que Jon não está mais dançando sozinho. Tem outro corpo dançando ao lado dele. Um corpo eletrificado e dono de uma dança um tanto quanto aflita.

Jon está dançando com Youhan, o chinês ligado nos 330 volts.

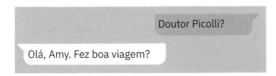

#O MÉDICO demorou um pouco para interagir com a mensagem de texto de Amy. Ela já estava quase enviando uma segunda mensagem. Ninguém ensinou Amy a esperar.

A resposta de Amy é imediata. A do médico também.

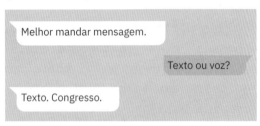

Era a resposta que Amy temia; que o médico estivesse fora, em algum congresso. Ela tem pressa de falar com o doutor Picolli.

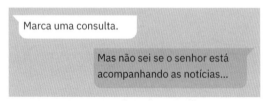

Para Amy, ficar sem um dos remédios controlados, que a ajudam a se controlar, é como se lhe faltassem um braço, uma artéria que transporta o sangue ou alguns neurônios.

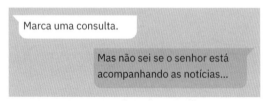

Claro que o médico está. Ainda mais agora que foi divulgado que os bens da família de Amy estão bloqueados pela justiça.

Amy se arrepende de ter sido sarcástica. Ela precisa mesmo que o médico a receba o mais rápido possível.

> Potássio. Potássio. Potássio.

A reação em tom de chacota do médico desagrada a Amy. Mas foi ela quem imprimiu esse tom à conversa. Ela pensa em se corrigir, mas percebe, no status do aplicativo, que o doutor Picolli está digitando...

> Pode marcar.

O congresso é na própria cidade. A agenda do doutor Picolli está lotada nas próximas três semanas. Amy sabe, adora insistir e insiste. No dia seguinte, está sentada em frente ao médico com todas as camadas de seus caprichos.

– Como você está, Amy?

Quando o médico repete a pergunta que fez pelo aplicativo, Amy percebe, pelo tom investigativo, que ele quer saber bem mais do que apenas como está o estado de saúde de sua paciente.

Amy prefere se ater ao tema que para ela é o principal...

– ... a falta do...

Ela sempre tem dificuldade para dizer os nomes dos remédios que está tomando; fica faltando alguma sílaba. Antes de socorrer Amy, o doutor Picolli consulta a tela do laptop sobre a mesa de madeira escura, bem lustrada e com frisos que fazem questão de imitar o ouro e diz o nome da substância que ele receitou para deixar Amy desperta.

Doutor Picolli é um impecável jovem idoso, grisalho bonitão, bem trabalhado na exuberância, e tem alguma simpatia por Amy e por seus pais, apesar dos pesares.

Ele usa máscara cinza-chumbo combinando com a calça e camisa que veste. Enquanto fala, Amy passeia pelas mãos a máscara com a qual chegou.

– Obrigada, doutor... a falta desse remédio está me dando um vazio, me sinto um pouco zonza. Eu não estou conseguindo me concentrar direito.

– Quando terminou a última caixa?

– Há quatro dias.

– Melhor retomar logo.

O silêncio de Amy é porque ela está tentando moldar muito bem o que pretende dizer, mas sem dar bandeira de nada que não seja do seu interesse divulgar.

Sem saber que o silêncio é para isso, o médico o preenche com uma pergunta que tenta levar a conversa de volta para o "Como você está, Amy?".

– Como está seu pai?

– Não faço a menor ideia...

Achando que exagerou, especialmente na agressividade, Amy tenta se corrigir.

– ... o senhor deve saber melhor do que eu.

Doutor Picolli também trata do pai de Amy.

– Você ainda não foi visitá-lo?

Não, Amy não foi e nem pretende ir visitar o pai na prisão.

– Será que nós podemos focar a conversa só em mim?

O médico está acostumado às provocações de pacientes egocêntricas e arrogantes.

– O que mais você quer me dizer, Amy?

– Acho que o... como chama mesmo o outro remédio... aquele que eu tomo pra dormir?

Depois de conferir mais uma vez a tela à sua frente, doutor Picolli responde. Amy se ofende com o gesto repetido do médico.

– O senhor não sabe de cor os remédios que me prescreve?

Doutor Picolli não vai cair em mais essa provocação egoica.

– Qual é o problema com o remédio?

Amy gosta de jogar...

– Tô passada, doutor... o senhor não saber os remédios que eu tomo é o fim...

Realizada por achar que conseguiu desarmar, pelo menos um pouco, a exuberância do doutor Picolli, e percebendo que ele não pretende jogar o seu jogo, Amy continua...

– ... acho que a dose não está sendo o suficiente. Eu não estou conseguindo dormir.

Amy pretende se manter genérica. Ela não quer dar detalhes de que, ao se deitar e apagar a luz, nos últimos dias, seu quarto é tomado pela imagem da estranha figura que a abordou falando no trânsito.

Quando essa holografia sombria desaparece, a mente de Amy é tomada por fantasmagorias bem mais reais e letais. Além das outras questões que Amy tem para enfrentar, está cada vez mais difícil controlar a ansiedade de Créssida, para que ela arrume logo uma solução e a tire da situação em que a(s) colocou.

A ansiedade está deixando Créssida paranoica e agressiva. Amy está ficando com medo de Créssida. E ainda não tem a menor ideia de como tirar as duas do enrosco em que se meteram. Todas as alternativas que lhe ocorrem esbarram em ter que confiar em advogados, em sua mãe...

Quando Amy começa a pensar no que sua mãe diria se soubesse o que Amy e Créssida andaram fazendo, ela... mas Amy tem que interromper seu sonolento raciocínio para ouvir o médico.

– Não é muito fácil, Amy, uma pessoa passar pelo que você está passando.

– É. Não é o melhor dos mundos.

O tom prático-esnobe de Amy é como se ela dissesse "... mas eu aguento".

– Até que você está se saindo bem...

Uma sensação de fragilidade incontrolável percorre Amy, como uma rajada de vento.

– "Até que..." Obrigada por jogar na minha cara a minha incompetência. O senhor é só mais um.

Mesmo percebendo que Amy está fazendo um esforço absurdo para não chorar, a paciência do doutor Picolli tem limite.

– Se você não se desarmar, Amy, vai ser difícil eu conseguir diagnosticar em que ponto do tratamento nós estamos e como interagir com ele.

Amy sai do consultório com receitas de doses maiores do estimulante e do calmante, e com o celular bombardeado de mensagens (genéricas, sem nenhum conteúdo digno de leitura!) de Créssida...

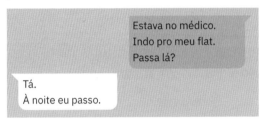

Estava no médico.
Indo pro meu flat.
Passa lá?

Tá.
À noite eu passo.

Na porta do prédio tem quatro equipes de jornalismo esperando por Amy. Ela avisa o motorista...

– O senhor entra pela garagem, por favor.

Na recepção de pé-direito alto/imponente, Gilda, sua mãe, a espera sentada em uma das poltronas de couro estrategicamente desgastadas.

Assim que Amy avista a mãe, ela coloca a máscara de proteção facial. Gilda está sem máscara e Amy jamais perderia uma oportunidade de provocá-la.

Gilda veste figurino de top-legging-tênis cintilantes de quem acaba de sair de uma aula de "personal alguma coisa"; usa perfume e filtro solar que avisam de longe que custaram caro e merecem respeito; nos cabelos, camadas de tinta "loiro intenso blondie adolescente" camuflando todos os vestígios grisalhos que ela jura que não lhe pertencem. As aplicações de botox dão ao rosto a eterna expressão que diz "Oi, sou rica, serei para sempre jovem e não tenho culpa de nada".

– Amy, você tá enorme.

– O que você tá fazendo aqui, mãe?

– Sou sua mãe, não é?

Fica no ar o som da segunda constatação, "Fazer o quê?", que Gilda gostaria de ter dito. Mas quem diz é Amy, irônica...

– Fazer o quê...?

Ao entrarem no elevador, uma mensagem de voz confirma um dos avisos afixados nas paredes de vidro:

O uso da máscara é obrigatório.

– Você não vai pôr a máscara, mãe? As imagens são gravadas. Depois, quem paga a multa sou eu.

Gilda ignora Amy. Enquanto o elevador sobe, ela se esquece totalmente de que Amy está ao seu lado e o porquê de ela estar ali. Ela só tem olhos para a própria imagem refletida no espelho.

– O recepcionista disse que eu pareço mais sua irmã do que sua mãe.

É pelo espelho que Amy interage com a mãe.

– Nós duas sabemos que isso não é verdade.

Enquanto fala, Amy calcula há quanto tempo não vê a mãe. Quase um ano.

– Simpático, ele.

– Até um poste, se disser que você é tão jovem quanto eu, você vai achar simpático.

– Tomara que você chegue à minha idade "inteira" como estou.

Há quanto tempo Amy não se sente inteira!

– "Inteira"? Você escuta o que diz, mãe?

A sala do apartamento onde Amy mora é ampla, decorada em tons de marrom da moda, laca e espelhos demais, luminárias em excesso e outros símbolos do kit ostentação.

Parece mais um ambiente preparado para aparecer em programas de decoração do que para se viver nele.

Assim que entram, mostrando que não pretende estender por muito tempo aquele duelo ancestral, Gilda tira de dentro da bolsa algumas notas máximas da moeda corrente e, num gesto de folhetim mexicano, as lança sobre a mesa de centro. É tirando a máscara que Amy acompanha, incrédula, a inédita ação da mãe, que ela sabe muito bem não se tratar de generosidade.

– De onde saiu esse dinheiro?

O tom de Gilda consegue ser mais esnobe-aborrecido do que os tons esnobe-aborrecidos que Amy costuma usar com tanta propriedade...

– Vendi algumas joias. Acho que esse valor é o suficiente para despesas, até os advogados conseguirem reverter a decisão do juiz e liberar nossos bens.

– Eu não preciso do seu dinheiro.

Gilda encara ainda mais aborrecida a arrogância de Amy...

– Pelo visto, você não mudou nada.

Amy encara ainda mais aborrecida a arrogância de Gilda...

– Pelo visto, você não mudou nada.

Se Gilda não se lembrasse de que está se atrasando para a sagrada depilação, talvez ela desse mais corda para a provocação de Amy. Mas ela se lembra!

– Já fiz o que eu tinha que fazer, Amy. Gaste com moderação. Se precisar de alguma coisa, me liga...

Quando já está na porta no apartamento, Gilda termina sua frase.

– ... tomara que você não precise.

Quando Gilda sai, as palavras que a estranha figura disse a Amy, no trânsito, reverberam pelos espelhos da sala...

... eu não quero seu ouro... ele é veneno para a alma... mata mais do que tudo...

II

#A DANÇA de Jon e Youhan não é exatamente a dança de um casal. Parecem mais dois caçadores que se embrenharam no mato à procura de caça. Mas nada disso importa a Amy...

– Então é por isso?

Jon não escuta, ou faz que não escuta, o protesto de Amy. Youhan, pelo contrário, percebeu a

chegada, escutou o protesto e está tão aborrecido quanto confuso.

Amy insiste com Jon…

— Não tá me ouvindo, é?

Só depois de dar mais um gole em uma garrafa
de água é que Jon se digna a se voltar para Amy.
E, ainda assim, faz isso como se estivesse fazendo uma enorme concessão.

— Tá falando comigo, gata?

O tom de superioridade de Jon e a expressão
de quem não deve nada a ninguém, que ele faz
questão de estampar no rosto, deixam Amy quase
desconcertada.

— Qual é o seu problema, hein, cara?

Ainda há espaço no belo rosto de Jon para uma
interrogação. E ele deixa que a interrogação se
mixe aos traços de desdém com a chegada de Amy.

— Que papo é esse, mina? Se liga.

Jon tem razão. A cobrança de Amy não tem a
menor razão de ser. Nem se pode chamar de "clima
de flerte" o mínimo clima de flerte (?) que houve
entre os dois até agora. O que estará movendo
Amy?

— Por que você se aproximou de mim, cara?

A essa altura da "invasão Amy", até a eletricidade de Youhan já foi desligada e o cara está
tão atônito quanto Jon.

— Você está passando bem, Amy?

É Youhan quem pergunta.

— Mas posso melhorar.

Descambando o seu surto de indignação rumo ao atrevimento, Amy chega mais perto dos dois caras; e, enquanto responde para Youhan, pega Jon pela nuca, junta seus lábios aos dele e tenta fazer terminar em beijo a confusão que armou. Jon parece gostar.

– Você é boa nisso, hein?

Youhan não sabe o que fazer. Quando ele vai saindo, Jon pega-o pelo pulso.

– Você fica...

E completando a frase para Amy, ele fala...

– ... e você, dá o fora.

Amy se encolhe. Youhan fica mais confuso do que já estava.

– Como assim?

Jon não está disposto a dar explicação de nada para Amy. Ele foca os olhos pretos muito brilhantes nela e diz...

– Então você fica aí. Nós saímos. Vem, cara.

Mesmo Jon tendo soltado o pulso de Youhan, o cara vai com ele em direção à escada que dá no *lounge*, deixando Amy plantada no meio da pista, grudada no chão com o peso das dúvidas, ainda mais confusa e atrapalhada do que antes, e furiosa. Muito furiosa.

– Que "beijão", hein, guerreira?

A voz é de outro garotão que se aproxima, aparentemente para orbitar na história de Amy.

Ela completa, lamentando...

– Beijei errado.

– Difícil acreditar que uma boca como a sua beije errado.

O cara é tão simpático quando bonitão. Pele morena como Jon, só que mais escura. Porte majestoso como Ivan. Com os mesmos olhos desprotegidos de Youhan, só que azuis. Praticamente um híbrido dos caras que já chegaram perto de Amy na festa.

– Você só errou a boca.

– Eu não sou essa garota fácil que você está pensando, tá?

As sobrancelhas grossas do cara se juntam.

– Quem está pensando isso, por enquanto, é você.

É nesse momento que Amy vê Youhan, o cara chinês, acompanhado dos dois *Boots*, atravessando a porta de aço onde está escrito **Acesso proibido**.

#DE DENTRO da barba rala do cara que aterrissou na órbita de Amy na balada sai um sorriso malicioso, com os dentes mais brancos e cristalinos, quase metálicos, que ela já viu.

Amy é rápida ao rastrear o novo bonitão: corpo magro de corredor, calças folgadas de tecido leve e cintilante, bata branca de seda… nem precisaria, mas todo o figurino confirma que se trata mesmo de um garotão *"made in India"*.

– John?

Ao confirmar o nome que ela acaba de ouvir, impossível Amy não associá-lo a Jon.

– Algum problema com o meu nome?

– O cara do beijo era Jon. Do segundo beijo.

"Caras" não é uma pauta que interesse a esse John.

– Você já foi à Índia, Amy?

– Nem à Índia, nem à China e nem à Rússia.

Tem um certo tom de descaso na resposta irônica de Amy. John não entendeu e nem parece interessado no que acabou de ouvir. Ele quer se exibir. Mais um pavão globalizado querendo se exibir para Amy!

– Eu viajo o mundo inteiro, Amy. Trabalho com alta tecnologia. Alternativas digitais para resolver problemas mundiais na agricultura que o aquecimento global está causando.

– Tudo ao mesmo tempo agora? Tecnologia, sustentabilidade… o cara do futuro.

Desta vez, a própria Amy acha que exagerou na ironia. O garotão não se abala; ele tem a vaidade muito à flor da pele para se magoar com ironias…

– … estou trabalhando em um projeto para buscar soluções tecnológicas de energia renovável para países pobres. Isso está me dando muito dinheiro. Os pobres dão muito dinheiro!

Depois de uma pausa para que seu próprio ego o aplauda, o garotão indiano quer saber…

– E você, Amy, como pretende ganhar o seu primeiro milhão?

– Não entendi.

– O que você faz para ganhar dinheiro?

– O que eu faço…? Eu…

O garoto indiano fica quieto, atento como um tigre, aguardando a resposta que, para ele, parece ser importante. Mas Amy prefere não dizer o que sabe sobre si mesma. Ela só responde…

– … eu não preciso fazer nada.

Entendendo como limite a resposta curta e quase grosseira, John lança mais um sorriso de dentro da barba rala.

– E quais serão os próximos passos nesta noite?

A chegada de Mina não deixa Amy responder.

II

#TEM um par de asas quase entrando na geladeira de aço escovado.

– Wow!!! Um anjo sarado caído na minha cozinha...

O fogão de seis bocas, o micro-ondas, o purificador de água... tudo na cozinha é inteligente e de aço escovado. Quase tudo. O liquidificador em cima da pia de pedra cinza é vermelho e premeditadamente vintage.

A cozinha não é de Mig. O apartamento é da Lisa. O chão, xadrez preto e branco, é de cimento queimado falso. As janelas são antirruídos.

– Anjo?...

O sorriso atrevido de Jon ilumina mais do que as quatro lâmpadas dicroicas pálidas que escorrem sobre a bancada.

– ... é ruim, brother! Não quero esse carma, não.

É a primeira vez que Jon e Mig se encontram, desde que Jon se mudou para o apartamento, no sábado. Mig passou o final de semana na casa de um crush. É descartando a máscara no cesto de lixo, tirando os tênis e lavando a mão e o rosto no tanque da área de serviço colada à cozinha que Mig interage com Jon.

– Tá, Jon. Eu faço esse esforço de não me iludir com você.

Sempre tem alguma ironia e flerte quando Mig fala com Jon.

– A Lisa pediu pra eu colocar um champanhe pra gelar, cara.

Mig acha graça do tom meio maroto, meio prestador de contas de Jon.

– A casa é mais sua do que minha, dear.

– Tô ligado!

– Relaxa, *babe*! *We are family*!

Jon acaba de acomodar o champanhe na geladeira. Mig já secou as mãos e está ao lado dele na cozinha.

– Vocês bebem bem aqui, hein?

A maneira como Jon usa o adjetivo "bem" fala mais sobre a qualidade (o preço!!!) do champanhe do que da quantidade de álcool que circula pela casa. Se bem que ali se "bebe bem" também no outro sentido. Mas não é sobre isso que Jon está falando.

– Já que temos que sofrer com as mazelas da vida, que estejamos bem acompanhados no nosso caminho inevitável para a morte, não é, Jon?

A estranheza com o que acaba de ouvir faz Jon coçar a barba com a ponta das unhas que ele esqueceu de cortar.

– É você quem tá dizendo, brother.

Mig escaneia Xicão esparramado no piso frio, com a língua para fora.

– Bem-vindos!

Jon gosta de Mig ter colocado o cumprimento de boas-vindas no plural.

– Obrigado por você aceitar o Xicão.

– Eu adoro cachorros. O Xicão é um fofo.

Xicão agradece abanando o rabo. Jon se senta em um dos bancos altos da mesa-bancada e pega uma maçã da fruteira. Assim que se senta, ele sente uma ligeira tontura e se apoia na bancada. Mig se liga...

– Jon...?

Jon já se recuperou.

– Tenho tido umas tonturas, cara. Já passou.

– Será que é labirintite?

– Não faço a menor ideia...

O tom de Jon é o de quem não pretende continuar valorizando o assunto...

– Ah, Mig... obrigado por você me aceitar.

Mig respeita a vontade de Jon e "deleta" de sua mente o tema tontura.

– Eu também adoro gatos, Jon.

Mesmo Jon já conhecendo de longa data seu humor e as brincadeiras que ele faz, até na frente de Lisa, Mig acha bom legendar...

– Brincadeira, Jon. Quer dizer, é verdade, você é um gato e eu adoro gatos. Mas você é o gato da minha amiga de fé, minha irmã camarada... então... voltando a falar sobre os cachorros! Hahahaha! Eu adoro o Xicão. Posso passeá-lo de vez em quando?

Ao ouvir a palavra mágica "passear", Xicão alinha a coluna, retesa as orelhas e coloca as quatro patas em prontidão.

– Ele vai adorar.

– Eu também.

Ao ver Mig se sentar no banco ao lado de Jon, Xicão resmunga e relaxa a animação, voltando a se esparramar.

– Nós vamos ficar aqui por pouco tempo, tá?

Mig sabe que isso não é verdade. E sabe também o quanto Lisa relutou em aceitar Jon, por causa do Xicão.

– O tempo é uma invenção da máquina de criar consumidores, já dizia o poeta.

– Gostei. Qual poeta?

– Não faço a menor ideia. *Where's my boss*, Jon?

Chamar Lisa às vezes de patroa foi um jeito carinhoso que Mig encontrou para mostrar que ele não se esquece de que mora ali de favor (na verdade, Mig paga a conta de luz, que não é baixa) e que quem dita as regras da casa é Lisa.

– Lisa tá trabalhando.

– Achei que ela já tivesse chegado.

– Disse que tá chegando. Ia ter uma reunião.

– Lisa é uma reunião ambulante. Não desliga nunca. Por isso que tá míope, o pescoço tá ficando torto... não para de roer as unhas...

O quadro que Mig pinta é dos mais perversos, mas tanto ele quanto Jon sabem que, mesmo com essas alterações provocadas pelo excesso de conexão, vai ser difícil Lisa deixar de ser uma gata.

– ... eu amo a Lisa. E estou muuuuito feliz por vocês terem reatado, Jon.

Só agora Mig percebe o quanto Jon está desconfortável por ter que estar ali.

– Eu não quero confundir as coisas, cara.

Falta algo naquela frase para que Mig a entenda. São os olhos dele arregalados que perguntam...

– Oi?

– Eu não quero que, pra mim, fique parecendo que eu voltei com a Lisa porque não tinha para onde ir com o Xicão.

Essa dúvida tem perturbado Jon. Ele sabe que jamais faria isso, voltar com Lisa por oportunismo. Mas será que não tem, sim, uma dose de oportunismo?

O que Jon sente por Lisa é forte, intenso; mas ela precisa mudar a maneira como tenta controlar cada gesto do cara.

– Relaxa, Jon. Um amor como o seu e o da Lisa não pode ser medido por essa régua precária que mede a maioria dos casais. Eu sei que de perto ninguém é normal. Mas você e a Lisa não são normais nem de longe... e o amor de vocês é muito... muito... nossa! Eu nem conheço uma palavra que consiga dar conta de dimensionar o que eu sinto sobre isso...

– Sério, cara...

Jon se emociona com o tom emocionado de Mig e se curva até ele, no banco ao lado, e lhe dá um abraço.

– ... valeu, meu brother.

Xicão rosna. Mas não é por causa do abraço fraternal entre Jon e Mig. É porque Lisa entra na cozinha. Xicão também não gosta de Lisa. Esfregando o álcool gel nas mãos com mais força do que vinha fazendo antes de ver a cena, Lisa ironiza...

– Desculpem atrapalhar!

Ainda bem que Lisa é rápida ao camuflar em brincadeira o que acaba de dizer. Jon e Mig se desenlaçam do abraço sem pressa e sem culpa nenhuma.

– A culpa é do Jon, Lisa. Ninguém mandou ficar circulando sem camisa pela casa.

Lisa sorri irônica da brincadeira (?) de Mig...

– Eu corto seu pescoço, hein, garoto?

– Ainda bem que é o pescoço!

... e vai em direção aos braços e lábios de Jon.

– Oi, amor...

Jon sorri e retribui o abraço e o beijo.

– E aeh, Lisa?

Xicão rosna para Lisa novamente. Ela finge ignorar, mas se solta de Jon mais rápido do que gostaria e dá o costumeiro beijo selinho nos lábios de Mig.

– A bênção, Boss!

É com a ambição transbordando por todos os poros que Lisa quer saber de Jon...

– ... colocou o champanhe pra gelar, amor?

– Hum-hum.

– Posso saber o que nós vamos comemorar...

Só quando termina a frase passa pela cabeça de Mig que ele pode estar sobrando.

– ... quer dizer, vocês.

Mas a resposta rápida e ego centrada de Lisa mostra que ele está incluído na comemoração...

– Somos "nós" mesmo. Tenho uma ótima notícia! Agora você pode me chamar de boss com legitimidade, Mig. Fui promovida, amores! Nossa vida vai mudar.

Jon e Mig trocam olhares confusos de quem duvida de que se trata mesmo de uma boa notícia. Xicão rosna decidido. Ele sabe que não é.

▓

#MINA ignora Amy. O foco dela é John...

– Onde você se meteu, cara?

– Fui ao banheiro.

A resposta de John é educada, mas fria, quase desinteressada. Provavelmente, a conversa com Amy estava captando-o mais do que seja lá o que ele tenha tido com Mina.

Mina não ignora isso...

– Banheiro! Não tô vendo nenhum banheiro.

Amy está cada vez mais chocada por Mina estar ignorando sua presença. Sem entender a expressão de desconforto estampada no rosto de Amy, John pensa que o que falta entre as garotas é um gesto dele, de apresentação.

– Desculpem. Amy, essa é a… Mina? Uma artista performática que eu conheci na pista.

John continua com o que podemos chamar de protocolo de aproximação.

– Amy é… na verdade, ela não me disse o que faz…

– Oi

O "Oi" sem exclamação ou sequer um ponto-final de Mina para Amy é distante, frio, plastificado.

– Nós já nos conhecemos, não é, Mina?

John estranha tanto a ironia de Amy ao perguntar quanto o olhar vazio e aborrecido que Mina lança para ela. Depois de fazer algum esforço, parece que Mina começa a se lembrar de Amy…

– Ah… Oi.

O segundo "Oi", embora tenha ponto-final, é ainda menos empolgado do que o primeiro. Lembra um pouco o encontro com alguma antiga amiga de escola que virou youtuber famosa e deixou que o sucesso eletrônico lhe subisse à cabeça.

Se Mina continua anestesiada em relação a Amy, para falar com John ela está totalmente desperta.

– Quero dançar, John!

John está mais a fim de ficar.

– Vocês se conhecem?

Quando Mina entende que, para John, Amy tem alguma relevância, ela resolve flexibilizar. Mas mantém o tom distante...

– Nós já nos cruzamos pela balada.

Amy se enfurece, mas disfarça. Ela não está acostumada a ser tratada com tanto descaso...

– ... acho que eu também tô a fim de dançar. Legal conhecer você, John. Fui!

Depois de dizer isso, Amy sai da órbita do novo garotão monetizado. O cara ainda tenta captar Amy...

– Volta aqui.

Tarde demais. Ela já sumiu em direção ao bar. Está cada vez mais difícil atravessar a pista de dança. A balada está bombando. A batida da música, agora, está mais tribal. As imagens das cabeças pulantes nas telas planas de cristal líquido e os corpos que ela vê se sacudindo na pista, através do espelho, embaralham-se na cabeça de Amy.

Além disso, a tontura que ela sentia quando chegou parece que está voltando. Por alguns momentos, a garota se confunde até com a própria imagem refletida. Amy não sabe direito se é ela quem vê a imagem no espelho ou vice-versa.

Chegar ao bar traz Amy de volta para a realidade, seja lá o que isso signifique no contexto.

– Vai querer sua dose de *e-music* agora?

– Não está se lembrando de mim?

Depois de coçar o mínimo cabelo cor de ferrugem, a Servidora arrisca um palpite...

– Da academia?

Aparentemente, a Servidora está mais relaxada. Ou, pelo menos, não tão enfurecida. Amy tenta se sintonizar com ela, para não assustar a garota de novo.

– Não é da academia.

– Chiii! Por onde será que eu andei e não tô sabendo?

É! A Servidora está bem mais relaxada! Amy simula também estar…

– Fui eu que te perguntei sobre "o Servidor"… lembra?

– Ah! Lembrei, lembrei.

É sorrindo que a Servidora responde à pergunta; mas não parece que ela se lembre de nada. Mesmo assim, Amy faz questão de devolver o sorriso, antes de dizer…

– Eu vim me desculpar. Acho que eu te incomodei com tantas perguntas.

– Relaxa. Mas fala logo, gata, o que você quer beber. Eu não posso ficar de papo com os *dancers*. Os *Boots* estão de olho em tudo.

– Eu só quero saber o significado dessa tatuagem no seu pescoço.

A cabeleira enferrujada da Servidora se ouriça, ela passa a mão na tatuagem exatamente como no primeiro encontro com Amy. Só que, desta vez, sem parecer estressada. Ela está até sorrindo.

– Ihhhh! Tá cheio de gatos e de gatas na pista, por que você foi encanar comigo?

Tanto a Servidora quanto Amy percebem que os *Boots* estão caminhando em direção ao balcão.

– Me fala sobre a tatuagem, que eu dou área.

É para tentar se livrar logo de Amy que a Servidora responde.

– Nezhit é o nome do meu personagem preferido, de uma história irada que a minha bisavó me contava.

– Por acaso, a sua bisavó é russa?

– Eslava, mas não da Rússia. A "bisa" já era. Partiu dessa pra pior. Ela era ruim pra caramba! Hehehe! Deve estar lá, fazendo companhia pro Nezhit. Mas como você sabia sobre a minha origem eslava etc…?

– Eu não sabia. Foi só uma hipótese.

– Pelo visto, a gata é boa em hipóteses!

– E esse personagem… o Nezhit…

Os *Boots* estão a poucos passos…

– Chiii… olha os caras aí… melhor você dar o fora, gata. Vai sujar pra mim. Ou pra você.

Quando SHIFT e DEL veem que a Servidora foi atender um outro garoto e que Amy está evaporando do balcão, eles mudam a rota de sua ronda.

Enquanto se afasta, Amy reflete, intrigada, se estaria dando atenção demais para um personagem inofensivo de uma história infantil. Está cada vez mais difícil para ela acreditar nessa hipótese.

II

#CRÉSSIDA continua insistindo em só conversar sobre a pauta bomba com Amy em lugares públicos abertos e com os celulares desligados, como se o tema fosse um vírus perigoso.

– Não é vírus, Amy, mas dá pra usar nessa situação a lógica da propagação de um vírus.

Amy não entendeu.

– Se o nosso assunto se espalhar, pode ser fatal...

Mesmo havendo algum exagero em Créssida, sempre há, Amy acha que desta vez ela está certa.

– ... isso não vai acontecer, Créssi.

A relação entre as duas anda bem tensa. A comunicação não está fácil. Parece um duelo perigoso entre tigresas. Ambas são geniosas, arrogantes e não gostam de ceder.

Amy sabe que, de alguma maneira, está nas mãos de Créssida e não parece disposta a se submeter a esse papel. Isso aumenta a tensão; mas, ao mesmo tempo, impede que Créssida se precipite.

– Vai acabar acontecendo, Amy.

Em seus encontros, se vê bem pouco do que um dia se podia chamar de melhores amigas. Créssida tem agido com desconfiança e grosseria. Amy devolve na mesma vibração.

– Não gosto quando você fala em tom de ameaça, Créssida.

– Você ainda não me viu falar em tom de ameaça.

Até quando se vê obrigada a fazer as vontades de Créssida, Amy tenta aparentar que não está agindo por temor, e sim com superioridade.

– Pode ser aqui?

O que Amy quer saber é se elas podem se sentar no banco verde de madeira do parque público, perto do flat onde mora.

As duas conseguiram sair do flat pela garagem, sem esbarrar nos jornalistas.

Por sorte de Amy, a bolsa despencou, o dólar subiu e uma nova variante começa a se configurar no oriente, onde o nível de vacinação contra a Covid ainda nem chegou a 40%. Com esses assuntos assombrando o mundo e ajudando a vender notícias, ações e produtos, a apreensão dos bens da família de Amy deixou de ser um tema tão relevante. Pelo menos por enquanto.

A tarde vai pelo meio, o parque está relativamente vazio. As nuvens chumbo do céu estão cada vez mais baixas.

Créssida confere em volta e se senta...

– Pode ser.

... mas ameaça se levantar.

– Não sei se esse lugar é seguro.

– Créssida, na boa! Eu estou tendo a maior paciência com você.

– Faz muito bem.

As "notas máximas" que a mãe de Amy jogou sobre a mesa da sala do flat a deixaram menos refém. Mesmo

Amy nunca tendo feito contas para sobreviver, ela sabe que a quantia de dinheiro deve dar para pagar as contas básicas, pelo menos por algumas semanas.

– A minha paciência tem limites.

É do alto de um pedestal de arrogância e indiferença que Créssida interage com o que acaba de ouvir.

– Acho que você não está em condições de impor limites.

Embora saiba o quanto está refém de Créssida, Amy nunca foi e nem será alguém que se submete a uma sequência de mais de duas frases intimidadoras.

– Agora chega! Eu não saio desse parque sem nós resolvermos isso de uma vez.

– Depende mais de você do que de mim, Amy.

Créssida não gosta de ver Amy tirar um maço de cigarros da bolsa.

– Você voltou a fumar?

... e a beber; e a nova dose do remédio para dormir também não está fazendo efeito; e os fantasmas não saem da órbita escura em volta de Amy.

Amy guarda o maço na bolsa, arregala os olhos o máximo que consegue e joga essas duas ogivas brilhantes para cima da amiga.

– Confia em mim.

– Eu confiei, Amy. E veja no que deu.

Além de em perigo, Créssida está se sentindo traída.

– Eu preciso que você fique com o dinheiro mais um tempo.

Quando Amy diz a palavra dinheiro, Créssida escaneia em volta, com o olhar assustado.

– Nem mais um dia...

A própria Créssida não espera que Amy leve essa ameaça a sério. Amy já disse a ela várias vezes que é tão precipitado quanto arriscado elas transportarem a quantidade de dinheiro em espécie que está muito bem guardada na fazenda da família de Créssida.

– É tão arriscado pra você quanto pra mim se uma de nós, ou as duas, pegar o dinheiro e o trouxer na estrada.

– Você não quer é ficar com essa batata assada queimando no seu flat.

– Desculpa, mas não dá pra conversar com você "assim".

– Não tem conversa. Enquanto você não arrumar um jeito, que não me prejudique, de devolver esse dinheiro para a polícia...

– Esse dinheiro não tem nada a ver com as bobagens que o meu pai fez.

– "Crimes" você quer dizer, né?

– Se tem alguém que sabe que foram "crimes", sou eu.

Foi graças ao depoimento de Amy que a Polícia Federal conseguiu legitimar e comprovar os crimes financeiros de seu pai.

É a própria Amy quem continua falando...

– Você sabe o que eu passei e tô passando por ter denunciado meu pai.

A história é um pouco complicada e cheia de reviravoltas, mas resumindo: o gesto de Amy ao denunciar o pai bombou na internet aos milhões. Bombou para o mau. A chuva de hates ocultava os poucos likes de qualquer post que era feito em defesa dela.

Tudo o que Amy postou para se defender, orientada por advogados, voltou-se contra ela. É difícil falar sobre ética no mundo líquido digital, onde incitar o ódio e a polarização é a tônica de quase todos os movimentos.

Ninguém viu lógica na tentativa heroica de Amy de ser honesta com o "Poder" e não fiel ao seu pai e à sua família.

Mas, ao descobrir os desvios de dinheiro que as empresas de seu pai estavam fazendo, enquanto prestavam serviços para órgãos públicos, Amy não conseguiu ficar quieta.

Ainda mais sendo esse pai um cara autoritário e rigoroso ao extremo e que fez o maior estrago na razão e na sensibilidade de Amy desde pequena.

– Eu não acredito que esse dinheiro seja "limpo" como você quer fazer parecer, Amy.

Na narrativa de Amy, o dinheiro que Créssida está guardando para ela na fazenda não veio de nenhuma falcatrua.

Trata-se de uma herança deixada por sua madrinha, que, ao saber antes de Amy quem era na verdade o pai dela, fez a doação em dinheiro vivo, durante alguns anos, e pediu que ela o mantivesse assim e fora do conhecimento e do alcance dos seus pais.

Amy nunca entendeu muito bem essa condição imposta pela madrinha, mas confiava nela e tinha uma relação conflituosa o suficiente com os pais para atender ao pedido.

Só que Amy nunca disse isso a Créssida, durante os anos em que dava o dinheiro aos poucos para ela guardar. Ela dizia que estava tirando da mesada robusta que recebia dos pais, para se organizar e fugir das "garras" deles.

– Eu não posso fazer nada pra você acreditar em mim, Créssida.

– Por que você não me disse a verdade desde o começo?

– Foi a minha madrinha que me pediu. Eu era muito nova.

– Mas você mentiu pra mim.

– Menti. Porque eu sou humana. Porque eu erro.

A conversa ter chegado às frases que chegou, de alguma maneira, funcionou como uma catarse para as duas.

Não que o clima de tensão tenha se desanuviado totalmente; elas continuam com a "pauta bomba" para resolver. Mas o silêncio que se instaura leva a crer que Amy e Créssida ultrapassaram alguma barreira sensorial que as separava e voltaram a operar no modo amigas.

As aparências enganam...

– Se você não me tirar dessa situação sem que eu me prejudique, eu te mato, Amy.

II

#É TOMADA pelas fagulhas cada vez mais atrevidas de sua curiosidade que Amy resolve ir procurar Ivan novamente. Talvez ele tenha a chave do mistério, se é que existe algum mistério, por trás da tatuagem recorrente com a qual Amy tem esbarrado.

As telas incrustadas nas paredes da pista por onde Amy passa causam mais estranheza. Nelas, as imagens são mais nítidas do que as que Amy observa olhando diretamente para os *dancers* que se agitam celebrando a chegada de mais um hipermegahit-re-reremixado da fase mais eletrônica entre as fases mais eletrônicas da Rainha-das-rainhas do Pop.

A noite e seus superlativos!

Para receber com todas as honras a música da eterna reinventora de si mesma, os spots, LEDs e outros focos, afinados com a caprichada mixagem, jogam mais cor sobre a pista.

É através das telas que Amy vê algo que a assusta: a sereia negra voltou. Impossível as telas estarem erradas. A negra linda, leve e solta tentando abrir espaço na pista é a mesma sereia negra linda e leve que foi presa pelos *Boots* e levada sabe-se lá para onde.

Quando vira o pescoço para a pista, o que Amy vê à sua volta já não é tão nítido. A homenagem à Rainha do Pop durou pouco. A luz negra toma conta de novo da balada. Mas a sereia negra continua lá, não tão nítida, mas linda, atravessando a pista em busca de um lugar para dançar.

Amy até poderia arriscar se embrenhar entre os *dancers*, se não tivesse visto Ivan encostado em um dos bares e conversando com um outro garoto, a poucos metros de distância.

Garoto que Amy ainda não tinha visto. E se tinha, não registrou a sua passagem. Nem gordo, nem magro. Nem forte, nem fraco. Nem alto, nem baixo.

Bonito? Não. Feio? Também não dá para dizer isso. Na verdade, mal se veem detalhes do seu rosto dentro do capuz do moletom preto cheio de estrelas prateadas. Olhos escondidos nos óculos de lentes espessas e armação grossa. Calça com cascata de bolsos externos, muito folgada. O moletom é alguns números maior do que ele precisaria. Tênis tão surrados quanto caros.

Quando Amy chega, a conversa entre os dois está animada demais para ser interrompida.

– ... pra catar uma mina dessas, tem que ter muitos gigabytes, cara.

A voz do garoto nerd parece desajustada, um pouco aguda. Não combina muito com a figura dele.

– Ou tem que ter muita grana.

A resposta provocante de Ivan estimula ainda mais o garoto estranho e malvestido naquele ninho de estranhos garotos bem-vestidos, perfumados, bem-arrumados e cheios de amor para dar.

– Cada um se defende como pode, véio.

Os garotos caem na gargalhada. Só eles parecem entender a razão de acharem tanta graça. Amy, não.

É o milionário russo quem interessa a Amy no momento...

— Preciso falar com você, Ivan.

Rapidamente, Ivan instala-se ainda mais alto no pódio, se é que isso é possível, para concordar...

— Claro que precisa.

O outro garoto é nerd, mas não é bobo. Aliás, de bobos os nerds não têm nada...

— Melhor eu dar o fora.

Assim que o garoto nerd evapora, Ivan comemora...

— Eu falei que você ia voltar.

— Eu estou aqui, mas não voltei.

Soa estranho para a própria Amy o que ela acaba de dizer. E o pior é que é verdade. Ivan também acha estranho.

— Cadê o número do aplicativo que recolhe os loucos nas baladas?

Amy não se ofende. Ivan continua...

— Já te disseram que você fica muito bem de maluca?

— É sério, Ivan.

— Se liga, Amy, você fala muito. A sua língua vai acabar travando. Tô vendo daqui... já travou... deixa eu destravar pra você...

Mais uma vez Ivan se arremessa em direção a Amy. A falta de resistência de Amy deixa Ivan intrigado.

— Perdi uma parte. Tá muito fácil esse beijo.

Desconfiado, Ivan se vira para sair fora, levando com ele sua beleza, seus milhões de rublos russos e a chave do que Amy quer saber.

— Me ajuda a entender, Ivan.

O tom premeditadamente desprotegido de Amy capta Ivan.

— Você tá pior do que eu pensava, gata.

É a primeira vez que Ivan fala com Amy sem tom de exibicionismo ou de cantada.

— Tô brincando, Amy. É só pra tentar te relaxar.

— Tá difícil relaxar.

— Ah… obsessão!!!

— Tenho que saber se está acontecendo alguma coisa aqui.

Ivan encara Amy. Desde que a conheceu, é a primeira vez que o cara consegue olhar para ela "de fato" e não para a imagem dele refletida na suposta admiração estonteante que acha que Amy experimenta por ele.

As dúvidas que Ivan vê no brilho dos olhos de Amy deixam o cara bem desconfiado e o fazem perguntar…

— Afinal, Amy, por que você está aqui?

seis

#APARENTEMENTE, Amy não entendeu a pergunta de Ivan. Ou será que é isso o que ela quer que ele pense?

– Como assim, Ivan?

– Não sei se você sabe, mas costuma-se ir a baladas para se divertir, relaxar.

Como explicar para Ivan o que Amy está sentindo?

– Você não tá achando nada… "estranho", cara?

– O que tem de estranho é o preço que cada um de nós teve que pagar para entrar.

Ivan entende que Amy tomou como um código a ser decifrado o que ele acaba de dizer.

– Calma! Eu tô falando de dinheiro… grana… *money*… entendeu?

Amy começa a se sentir ridícula.

– Eu já tinha entendido, Ivan.

– Então, será que daria pra você parar com a paranoia, relaxar, soltar o corpo na pista… esquecer "a coisa que está acontecendo"… e cair no meu papinho de playboy?

A conversa fiada de Ivan está fazendo efeito. Amy sorri.

– Já tá querendo tirar proveito.

– Claro que tô. Você é a melhor gata da balada. Mas por que eu tô te dando essa moral de dizer isso? Na sua casa deve ter um monte de espelhos. Relaxa! Ainda dá tempo de sermos felizes para sempre, pelo menos nas horas que durarem essa efêmera balada.

Cada vez mais, Amy está querendo acreditar que Ivan está certo.

– Tá. Então, me ajuda a relaxar, Ivan…

Ivan desconfia de que tenha uma mínima camada de cantada no que ele acaba de ouvir e continua quieto. E Amy…

– … você não vai se arrepender.

– Quero só ver.

– Eu já sei que sua tatuagem é sobre uma lenda russa…

– Lá vem a louca!

– Qual é a história dessa lenda?

Ivan está quase perdendo a paciência que ele estava se esforçando para ter, desde que reencontrou Amy.

– Tá legal. Se o que te faz bem é se manter assustada, eu topo falar sobre a *tattoo*. É uma história sobre demônios…

▥

#ELA chega se defendendo.

– Não tenho culpa, véio.

Atacando para se defender.

– Ceis marcam essa aula muito cedo, tá ligado?

Só depois dessa segunda frase é que a menina tira seus pouco mais de 40 quilos de cima do skate e se junta ao grupo de uns dez adolescentes mascarados, no que se pode chamar de escombros de quadra poliesportiva.

– Bom dia pra você também, Kika. Põe a máscara, por favor, e cai pra dentro!

Kika é a aluna preferida de Jon, no curso de parkour que ele dá em uma das maiores comunidades da cidade. A mina é esforçada, rápida, dona de uma inteligência encantadora e faz parte de um dos slams de poesia mais bombados na internet.

É revirando os bolsos da bermuda, tirando deles os restos mortais de um máscara negra de proteção facial e colocando-a no rosto que Kika responde...

– Foi mal, Jon. Acordei meio zoada hoje, tá ligado?

Jon sabe que a vida de Kika não é fácil. Assim como não é fácil a realidade das outras e outros em volta dele. Mas a vida real de Kika é a mais complicada. Drogas, abuso, violência familiar; isso, até onde Jon sabe.

– Bora começar...

Despertar nos adolescentes o esporte como objeto de poder foi uma das maneiras que Jon e seus amigos da ONG encontraram para agradecer e retribuir ao universo e à sociedade os privilégios que sabem que têm.

A comunidade em volta da quadra é a típica imagem que se vende nos clipes de funk que bombam com views e likes na internet e também, ao mesmo tempo, o mais completo raio-x da absurda desigualdade social.

A liberdade é vigiada. Muito cimento, pouco acabamento; uma ou outra casa pintada de cores fortes; janelas pequenas para tentar evitar balas perdidas; caixas-d'água azuis disputando as lajes com antenas de origem duvidosa; água taxada, também de origem duvidosa; pouco saneamento básico; milhares de trabalhadores e gente honesta transitando; rastros da bandidagem da qual é melhor desviar o olhar; labirintos de ruas mais estreitas e perigosas a cada curva e que sobem para o topo de um morro que não é para amadores; minimercados; meias farmácias; quiosques, bares multifuncionais e templos para curar a dor; e uma escola, onde o respeito ao toque de recolher é maior do que ao sinal que chama para as aulas.

Por falar em liberdade vigiada, tem um carro de polícia com os vidros fechados estacionado a alguma distância da quadra. Um pouco mais perto, do outro lado, outro carro, sedan preto turbinado, poderoso ("ali", o videoclipe seria de rapper gringo), vidro fumê do motorista aberto pela metade e por onde sai fumaça.

O sol está ficando quente. O dia promete bombar, seja lá o que isso queira dizer nesse contexto.

Jon propõe ao grupo exercícios de relaxamento.

– É ruim que eu vou relaxar, Jon...

É Kika quem protesta, conferindo os dois carros.

– ... vamos pra "briga", véio.

O que Kika quis dizer é que prefere que Jon passe logo para a parte ativa da aula, quando ela consegue queimar as gorduras de suas mazelas acumuladas.

– Vai querer dar aula hoje, Kika?

A advertência de Jon é carinhosa, mas é uma advertência.

– Foi mal, véio. Mas é que hoje tem mocinho e bandido na escuta. Só não sei quem é quem.

– Tô ligado! Tamos juntos!

– Mais ou menos, né, cara? Daqui a pouco você vira as costas e vai ser bonitão lá no seu CEP.

– Muito papo, Kika. Bora lá.

– Tá cheio de querer mandar, hoje, hein, véio?

– Se liga, Kika. Se concentra.

... e a aula segue, o calor aumenta, a aula termina e Jon vai em direção ao seu CEP.

Enquanto está quase chegando à estação de trem, que faz conexão com a linha de metrô, Jon vai conferindo um... poema?... pichado no muro descascado...

ARRÊTE!
C'EST ICI L'EMPIRE DE LA MORT.

... as mesmas frases com as quais ele se deparou no parque, há algumas noites, enquanto corria com Xicão.

Tão intrigado está Jon conferindo no tradutor do celular o que quer dizer aquelas frases em francês (que, em tradução livre, adverte que é bom parar, porque dali para a frente é o império da morte) que nem se liga no cara que está aterrissando à sua frente, impedindo que ele siga adiante.

O cara é um pouco mais novo do que Jon, bem--vestido, usa máscara, tem pele clara, quase loiro e um olhar frio-cortante que faz Jon se arrepiar, enquanto diz...

– Aeh, gente boa! Passa o celular.

... o cara segura o contorno do que traz pendurado na cintura da bermuda, por baixo da camiseta: uma arma.

– Cara, todos os meus contatos de trabalho estão no celular.

– Esse problema não é meu, véio. Vai logo.

Jon sabe que está em perigo. É melhor entregar o celular. E é o que ele faz.

– Aparelhinho ruim, hein? Os caras tão parcelando em até 24 vezes, mano! Se liga!

Ao som da própria gargalhada sinistra, o cara se afasta, guardando o celular e completando...

– ... fica mais esperto, gente boa!

Sem conseguir acomodar em algum lugar confortável tanto o roubo do celular quanto as frases com as quais se deparou, Jon segue pela calçada coçando a barba que, finalmente, ele se lembrou de aparar.

É quando pisa o primeiro pé dos tênis surrados dentro da estação de trem que Jon percebe que não tem chão nenhum para pisar o segundo. Alguém tirou o mundo de debaixo dele.

O vácuo em volta de Jon gira igual a um redemoinho. A vista do cara escurece. Se não tivesse se apoiado na mureta da entrada da estação, Jon teria caído.

A atenção de Jon vai voltando aos poucos. Quando o funcionário parrudo, tatuado e com as unhas pintadas de preto e máscara azul com o brasão da cidade em um dos cantos o aborda, perguntando se Jon precisa de ajuda, ele já está quase que totalmente recuperado, e diz...

– Eu tive um apagão.

É isso o que Jon repete para o auxiliar de enfermagem que faz a triagem no hospital público próximo à estação.

– Você não tem plano de saúde?

Há três meses Jon não paga o plano de saúde.

– Não.

É com desconfiança pentecostal em relação ao que acaba de ouvir, que aquele garotão bem nutrido e boa-pinta não tem um plano de saúde, que o auxiliar de enfermagem preenche o protocolo de recepção do pronto-atendimento.

– João Pedro de Assis.

Só quando a voz de dentro de um dos consultórios do corredor malconservado repete o chamado pela terceira vez é que Jon se lembra de que esse é o seu nome.

– Foi mal, doutora...

... e que doutora! A beleza e a simpatia da médica, pseudocamuflada pela máscara, sentada atrás da mesa no consultório quase fazem Jon ter outra vertigem.

Uma negra linda, alta, com as pernas cruzadas dando voltas sob a mesa e dentro de uma calça bege cintilante. Cabeleira *black power*. Brincos com pingentes de metal fundido. Linda em tudo; inclusive na simpatia.

– ... é que todo mundo me chama de Jon.

A médica é um pouco mais velha do que Jon. O avental de mangas cavadas deixa ver que ela tem veias sanguíneas vermelhas tatuadas ao longo dos braços.

– Ok, Jon...

Jon não se lembra de ter visto um olhar tão brilhante, esperto e inteligente e nem um par de olhos cor de mel naquele tom tão misterioso. Como Jon consegue atribuir o adjetivo misterioso a uma cor, pode ser difícil de entender, mas fácil é de explicar: assim que entrou no consultório, Jon se encantou com a médica.

– ... doutora Hannah...

A voz rouca de Hannah pacifica. O olhar desassossega Jon cada vez mais.

– ... o que você está sentindo exatamente?

O que Jon está sentindo exatamente é uma enorme vontade de tirar as máscaras e beijar aquela boca que o cara percebe estar sorrindo para ele. Mas Jon sabe que não pode dizer isso para a médica.

– Tive uma vertigem...

E com todo o charme que consegue exibir, Jon faz um resumo do que acaba de acontecer na estação de trem (sem falar do assalto) e dos episódios que têm acontecido com ele nos últimos tempos...

– ... tonturas... zunido no ouvido... vertigem...

Tão atenta quanto inquieta, a médica vai anotando em uma ficha eletrônica no laptop os detalhes que acha relevantes do que ouve.

– ... eu sou um cara bem saudável...

Não era preciso Jon caprichar tanto nos detalhes sobre seu fôlego, resistência, elasticidade, e outros "gadgets" de sua vida de atleta (gato!). Nem exibir seu coração filantrópico de professor de esportes radicais para adolescentes.

– Ah... então é você que dá aula na comunidade...

Hannah já ouviu falar nas aulas de parkour, conhece Kika, e já foi a uma sessão de slam ouvir poesia. Ela faz alguns plantões gratuitos na comunidade.

Jon só não se encanta com os detalhes do que ouve porque já está encantado demais.

– ... então, doutora, como eu estava dizendo, eu tô desconfiado de que é labirintite.

– Por que "labirintite"?

Ver a médica sair de detrás da mesa com um salto de gata, aterrissar ao lado dele com um estetoscópio e fixar o aparelho em seu peito faz Jon se esquecer totalmente do que estava falando.

– Por que labirintite, João Pedro?

Ter que repetir a pergunta não incomoda a médica.

– Foi mal... doutora Hannah... ou Hannah?

A resposta de Hannah é arregalar um pouco mais os olhos cor de mel, de quem sabe que é bonita e não se deixa abater por cantadas de pacientes.

Jon percebe de onde deve continuar a conversa.

– Na verdade, foi um amigo meu quem sugeriu que pode ser labirintite.

O silêncio é porque Hannah se ocupa em repetir, intrigada, a ausculta que fez no peito de Jon.

– Você disse que é atleta?

– Não dá pra perceber?

A médica não sorri da brincadeira.

– Seu coração tem sempre essa frequência alta?

Jon nunca se ligou nisso. Os eletrocardiogramas que fez sempre acusaram batimentos baixos até para um atleta. Mas faz tempo que Jon não faz check-up.

– Qual frequência?

– Duzentos batimentos por minuto.

Jon não gosta do que acaba de ouvir. E menos ainda do que ouvirá...

– Vou pedir um ecocardiograma. Mas você não vai conseguir fazer hoje e nem aqui. O aparelho do hospital está quebrado. É legal você fazer o "eco" o mais rápido possível.

A médica pensa um pouco...

– Você não tem mesmo plano de saúde?

– Eu tinha, mas parei de pagar.

– Então, vamos fazer o "eco" lá no hospital-escola onde eu faço o meu doutorado. Eu sou cardiologista.

Pegue o meu contato e alinhamos os detalhes por mensagem de texto. Ah... pode salvar como Hannah, tá?

Jon está ficando intrigado demais para se animar com o fato de que se encontrará com Hannah novamente.

– A doctor tá achando que eu tô cardíaco?

– Quem vai dizer é o resultado do exame. Pelos sintomas, você pode ter uma síndrome cardíaca...

O termo síndrome cardíaca entra como um caco de vidro pelos ouvidos de Jon.

– Talvez você não conheça... ela é meio rara... Síndrome Wolff alguma coisa... vou confirmar o nome direitinho... espera...

A médica consulta o celular.

– ... não estou garantindo que você tenha essa síndrome, tá? Por enquanto, é só uma hipótese...

A cada palavra da médica, Jon vai ficando mais intrigado.

– ... encontrei... Síndrome Wolff...

O cara é esperto e sensível o suficiente para saber que a "hipótese" pode colocar a sua vida em um outro lugar.

– ... Wolff-Parkinson-White.

Foi o próprio Jon quem completou o nome da doença. A médica se surpreende.

– Ah... você conhece?

É fazendo sinapses desconfortáveis e nada agradáveis que Jon responde...

– Uma das minhas mães tem essa síndrome.

– Você tem duas mães? Que legal! Então, a chance de você ter é maior...

– Só que não.

Só agora a doutora Hannah se liga no tom triste e confuso que Jon usou para dizer que uma de suas mães teria a mesma doença.

– Tem alguma coisa errada, Jon?

O cara está triste demais para perceber que Hannah o chamou de Jon.

– Deve ter. É que eu sou filho adotivo.

A tristeza e a sensação de abandono que Jon está sentindo fazem o maior estrago dentro dele.

– ... ou não sou mais. Ou nunca fui.

II

#IMPOSSÍVEL Amy decifrar se Ivan está falando sério ou brincando quando se refere à lenda russa de Nezhit ter a ver com demônios.

– Não é isso o que você queria ouvir?

– É sério, Ivan?

– De que adianta eu dizer se é sério ou não? Você vai entender o que quiser.

– Você está brincando comigo, cara.

– Olha bem pra mim, Amy: eu tenho cara de demônio?

Sem perceber a ironia de Ivan, Amy ainda se dá ao trabalho de responder.

– Não... a-a-a-acho que não.

Era exatamente o que Ivan queria ouvir.

– Nem de palhaço. Tchau!

– Espera, Ivan.

– Vá se tratar, Amy.

– Volta aqui, Ivan. Desculpa.

Mas Ivan já vai longe. Ótimo! Porque Jon acaba de chegar...

– Que bom que eu encontrei você.

O tom meio assustado e confuso de Jon lembra Amy dela mesma quando chegou ali para falar com Ivan. Ela não está a fim de papo com Jon.

– Encontrou... e já desencontrou.

O pipocar de alguns flashes por perto chama a atenção de Amy. Ela pensa que é com ela. Mas os *paparazzi* não se aproximam.

– Calma, Amy.

– Some da minha frente.

Tomando para si mesma a ordem que acaba de dar a Jon, Amy sai, deixando o cara falando sozinho...

– Escuta... Amy...

... e vai conferir o que a está intrigando: os *paparazzi* clicam alguém a fazer caras e bocas em volta de uma das torres de alumínio que ajudam a compor a decoração do galpão.

Agora Amy tem certeza de que aquela garota negra que ela tinha visto deslizando na pista é mesmo a sereia que foi colocada para fora da balada pelos *Boots*.

– Tá intrigada com o que, Amy?

Quem faz essa pergunta é o nerd com o moletom cheio de estrelas prateadas, que estava há pouco conversando com Ivan e resolveu aterrissar na órbita de Amy.

– Você sabe quem é ela?

O nerd olha para Amy por cima dos óculos, como se tivesse acabado de ouvir um absurdo, mas confirma…

– Sumbe Menongue.

– Esse nome deveria me dizer alguma coisa?

– Se você já navegou nas redes sociais… leu revistas de moda… de fofocas… ou acompanhou algum desfile da vida, sim…

É bem irônico e depreciativo o tom do nerd quando ele conclui…

– … a Sumbe Menongue era uma top model angolana.

– Era?

– Eu disse era?

– Disse.

– Cada um escuta o que quer.

Amy tem certeza de que o nerd disse "era", mas prefere focar a conversa no tom depreciativo dele.

– Por que você não gosta dela?

– Eu não tenho nada contra a Sumbe. Meu problema é contra essa maquininha de fazer e desfazer gente famosa. São muitas baladas… assédio… muita grana… todas as drogas… Se você não tiver cabeça…

Pela reação dos *paparazzi*, agora eles estão protestando com a tal top model angolana Sumbe Menongue.

– "Ela" também…

O que faz Amy dizer essa aparente frase sem sentido é a tatuagem que ela acaba de ver no ombro esquerdo de Sumbe Menongue, quando a modelo dá as costas aos *paparazzi* para tentar sair de perto deles.

Ver a tatuagem estampada no ombro da sereia negra reconecta Amy a suas dúvidas. Já é quase no meio das escadas que ela alcança a top model…

– Sumbe Menongue…

Ainda um pouco aborrecida por causa da insistência dos *paparazzi*, a sereia negra se volta para Amy querendo bronquear…

– Eu já não disse que…

Mas ao ver que não se trata de um fotógrafo e perceber que a garota parada na sua frente parece precisar dela para alguma coisa, a sereia negra sorri.

– Desculpa, dear…

Seus dentes são tão brancos que iluminam muito mais as escadas do que os precários focos de luz pendurados.

– ... pensei que fossem aqueles *paparazzi*. Eles não estão me dando sossego hoje. Se é que algum dia darão...

Não parece que Sumbe esteja, de fato, incomodada com o assédio dos flashes. Mas isso não importa a Amy...

– Preciso da sua ajuda, Sumbe.

Amy chega mais perto. A aproximação não incomoda em nada a simpática top model.

– Como eu posso te ajudar?

– Você não tinha ido embora?

É sorrindo que Sumbe responde. Ela não consegue deixar de falar como se estivesse dando uma entrevista.

– Acabei de chegar, amada.

Tem um leve sotaque de embriaguez no tom da modelo.

– Você tinha sido pega, saindo do banheiro, foi expulsa pelos *Boots* e...

Do meio da frase de Amy em diante, a top sereia já está gargalhando. A típica gargalhada de quem vive em festa; e, de preferência, equilibrando na mão uma taça de cristal transbordando champanhe francês.

– Eu sei que falam muitos absurdos a meu respeito, mas esse, de ter sido expulsa de uma balada... acho que você está me confundindo com outra top, hein?

Mais uma gargalhada! E Amy...

– Eu tenho certeza de que era você.

– Se você tem certeza de que era eu, o que é que eu posso fazer, não é?

Sumbe Menongue fecha sua pergunta com mais uma gargalhada regada a champanhe. Desta vez, bem mais irônica, antes de concluir...

– Agora chega, fofa. A noite é uma criança muito malcomportada. E eu tenho muito a aprender com ela. Tchauzinho!

Jogando um beijo para Amy, como se ela fosse uma fã maluca, a top model vira-se de costas para continuar subindo as escadas.

– E essa tatuagem no seu ombro?

Ainda tolerante com Amy, mas mostrando que a sua paciência tem limites, Sumbe Menongue responde...

– Não brinca com isso, menina. Se afasta disso.

E continua subindo as escadas com sua gargalhada embriagada.

II

#DEPOIS de muito rolar na cama, finalmente Amy conseguiu dormir. Um sono intranquilo, mas que venceu a resistência das camadas de sua subjetividade, que anda bem fragilizada, diga-se de passagem.

Que bom que a nova configuração dos remédios do doutor Picolli parece estar conseguindo levar a melhor sobre as angústias que se tornaram uma verdadeira extensão de Amy, desde que ela resolveu denunciar o pai e suas conexões envenenadas.

Não que Amy tenha se arrependido do que fez. Mas depois que liberou os dados (CPFs, CNPJs, números de contas em paraísos fiscais, conexões políticas... e... e... e...), em questão de semanas, estando Amy onde estivesse, fazendo o que quer que fosse, os focos dos principais sites de notícias (tanto os respeitados quanto os de reputação duvidosa) se voltaram para ela.

Como Amy não deu e continua não dando a menor atenção para alimentar os canais de internet, ávidos por uma entrevista oficial com a "filha má", a "pobre menina rica", a "traidora patrimonial Amy Houston", eles se acharam no direito de moldar suas narrativas como bem entendessem e de dar a Amy esses e outros apelidos.

Esse conjunto de variáveis combinadas transformou em ouro qualquer publicação sobre Amy; seja um novo crush (nunca confirmado), algum excesso pela noite ou a compra de um vestido de lamê gliterizado prata que fazia as vendas do modelo crescerem nos sites de consumo A+++.

Os posts sobre Amy rendem milhões (sim, milhões!) de views, hates e likes, o que gera para os sites um bom dinheiro em anúncios.

A marca do vestido prata gliterizado que Amy usou na balada, quando foi clicada por uma manada de *paparazzi,* até tentou, sem sucesso, fazer um contrato de publicidade com a imagem célebre de Amy.

Mesmo sem faturar com contratos de publicidade, a atrevida e mimada Amy virou a garota propaganda disfuncional de uma nova ordem de defensoras do patrimônio público; uma cidadã justiceira que ninguém consegue fazer caber no perfil que se conhecia até então para quem defende transparência com os recursos públicos e pautas progressistas.

Não que em algum momento ela tenha "empoderado" alguma "narrativa" sobre isso. Mas o silêncio de Amy permitiu que grupos das mais diversas linhas ideológicas o preenchessem como bem entendessem. E isso retroalimentava a ávida roda da fortuna digital.

Amy só teve alguma paz quando foi passar um ano fora do país. Ela mal voltou e já está sentindo os rumores de que o assédio midiático à sua história continuará a assombrá-la.

... mas, espera: que barulho é esse? O que o ruído de alguém forçando para abrir uma porta está fazendo no sono intranquilo de Amy? Ela nem se lembra de estar sonhando.

– Obrigada!

– Disponha, dona Gilda!

As vozes nítidas de sua mãe e de um dos gerentes do flat onde Amy mora a fazem entender que ela não está sonhando.

A luz violenta que invade o quarto também não faz parte de sonho algum. É um pesadelo bem real: Gilda, como sempre sem máscara, desta vez para expor os efeitos positivos de uma nova "técnica de extensão facial", acaba de entrar e está abrindo as cortinas.

– Que situação, Amy! Custava me atender? Tive que pedir para o chefe da segurança abrir a porta. Espero que você não me processe por invasão de privacidade.

Amy finge continuar dormindo. Gilda a conhece o suficiente para saber que isso não é verdade.

– Levanta, Amy. Eu não tenho mais um segundo para os seus caprichos. Sorte nossa que transferiram seu pai para o hospital da prisão. A única vez que estive na cadeia foi horrível.

Sobre o que Gilda está falando? Seja lá o que for, Amy não pretende dar atenção ao assunto da mãe.

– Me deixa dormir.

– Seu pai sofreu um enfarte. Nós vamos ao hospital da penitenciária, como se fôssemos uma família. O advogado disse que isso pega bem junto aos juízes que vão avaliar a liberação dos nossos bens.

Amy já se sentou na cama. Mas não esboça a menor surpresa com o que acaba de ouvir e nem intenção de atender à sua mãe.

– Eu não vou mesmo. Muito menos com você.

– Por favor, não me obriga a ser sincera.

– Você não corre esse risco.

Gilda se ofende com o que acaba de ouvir. E faz questão de mostrar o seu aborrecimento...

– Já que eu sou sua mãe, me sinto na obrigação de dizer: enquanto não for ver seu pai, você não vai conseguir sair desse lugar sombrio onde está vivendo.

– Como será que eu fui parar nesse lugar, hein, mãe? Você sabe tão bem quanto o papai.

Com o ano de distância que tiveram, Gilda já não se lembrava do quanto a eletricidade que sempre houve em suas conversas com Amy eram desgastantes para ela.

– O que você entende da vida, Amy?

– O suficiente pra saber o quanto você pode me fazer mal. Dá o fora, mãe.

E, se virando para o lado oposto ao de sua mãe, em um gesto bastante adolescente, Amy cobre a cabeça com o travesseiro e dá a conversa por encerrada.

A interlocução com sua mãe, Amy consegue interromper. Mas ela não se livra do que ouviu, do que vem ouvindo de Créssida e do doutor Picolli: que, enquanto ela não atender ao pedido de seu pai e for visitá-lo na prisão, Amy ficará refém dos fantasmas que a assombram.

É por isso, para tentar se livrar dos fantasmas, para quem sabe colocar sua vida em outro lugar, que algumas horas depois Amy está sentada no banco de trás de um carro de luxo com vidros escuros (chamado pelo aplicativo que se identifica como um verdadeiro clube, altamente *prive*), indo sozinha visitar o pai.

A estrada está deserta. O dia está nublado o suficiente para Amy não precisar estar com os óculos escuros enormes que ela usa.

Mas estilo é estilo. E, ao se deparar com um par de olheiras bem cruéis enquanto se arrumava, Amy achou melhor acrescentar os óculos no modelito heroína de seriado de streaming, que vai visitar o pai enfartado no hospital da prisão. Ter que respirar com a máscara que o motorista praticamente a obrigou a usar, se não ele não a atenderia e a denunciaria ao aplicativo que presta o serviço, faz as lentes embaçarem um pouco; mas não o suficiente para que Amy tire os óculos.

Assim que o carro sai da estrada principal, contorna um viaduto e pega um acesso mais estreito e deserto, um desconforto começa a incomodar Amy; uma vontade de sumir, de derreter, de se apagar.

A voz simpaticamente robótica do aplicativo de localização avisa...

Você chegou ao seu destino.

Amy confere o muro alto, imponente e eletrificado do hospital-prisão. E seu coração dispara, ela começa a transpirar. Mal estaciona o carro em frente à porta de aço do prédio, o motorista pergunta...

– A senhora quer que eu a espere?

... ao mesmo tempo que Amy percebe os *paparazzi* se aproximando do carro.

– Me tira daqui...

O motorista entende o que está por acontecer e, ágil, manobra o carro e o coloca em movimento outra vez.

– ... mais rápido.

Enquanto se afasta, Amy, cada vez mais frágil, olha para o hospital que vai ficando para trás e para a manada de *paparazzi* correndo em direção ao carro fotografando a fuga; sem terem a menor ideia ou estarem interessados no abismo para o qual caminha a filha má, a pobre menina rica Amy Houston.

11

AMY não tem tempo de perguntar mais nada para Sumbe Menongue, que já desapareceu, escada acima. E ela, Amy, é surpreendida por uma rajada...

— Vem.

... que a puxa pela mão, escada abaixo.

— Me solta.

— Vamos pra pista.

— Eu não vou dançar com você, cara.

— Nós já perdemos muito tempo.

— Me solta, Jon.

Mais uma vez, Amy não espera que Jon atenda ao seu pedido e sacode o braço, livrando o pulso.

— Só porque o seu "namorado" foi... capturado, Jon... você quer...

Jon começa a ficar enfezado.

— Que papo é esse de namorado?

Amy também se acha no direito de ficar enfezada.

— Você e o chinês.

— Deixa de ser ridícula.

— Qual é o problema de assumir que você é gay, cara?

— Quer fazer o favor de me ouvir?

— Não. Tchau!

— Vem cá, Amy.

Depois da esnobada triunfal (pelo menos aos seus olhos!) que Amy acaba de dar em Jon, ela se perde na pista.

Ela tem a sensação de estar vendo os *dancers* à sua volta com rotação alterada. Mais lentos. Mais pesados. De repente, é como se não tivesse mais chão debaixo dos pés de Amy. Ela se apoia em uma das colunas metálicas para não cair.

Quando percebe que Jon está vindo em sua direção, Amy vasculha o ambiente. Há um banheiro feminino a poucos passos. É pouco provável que Jon entre no banheiro das mulheres; ainda mais com a vigilância dos *Boots*. Pelo menos, é o que Amy espera.

Quando entra no banheiro, a estranha cena com a qual Amy se depara a confunde mais do que a sensação que acaba de ter com a rotação alterada dos *dancers* na pista.

— O que você está fazendo, Mina?

É a perturbação que faz Amy errar a pergunta. O que Mina está fazendo, Amy está vendo: ela está desenhando flores no espelho com seu batom preto.

— Estou bordando a minha mortalha…

Além das flores, no centro do espelho, Mina escreveu com o batom: **Para fora deste mundo não se pode cair**. Um arrepio ouriça o corpo de Amy. E ela fica ainda mais arrepiada quando percebe que não consegue ver a imagem de Mina refletida no espelho.

— … antes que seja tarde.

Amy demora a entender que a última frase de Mina era uma continuação de sua fala anterior, sobre estar bordando sua mortalha.

– Para com isso, Mina.

Não há mais lugar no espelho. E Mina começa a espalhar suas flores pretas pelos azulejos das paredes.

– *Amy...*

É Jon quem está chamando por Amy, do lado de fora. Ela ignora o chamado.

– Por que você está fazendo isso, Mina?

– Não está ouvindo o Jon chamar você?

O tom de voz arrastado de Mina faz Amy se ligar...

– Você se drogou mais?

Mina não responde. Nem precisaria. Mas Amy entende que não são drogas eletrônicas, sintéticas ou químicas o que turbina as ações de Mina nesse momento. É tristeza.

– *Amy. Eu preciso falar com você.*

– Vai falar com o Jon, Amy. Vocês estão no mesmo status.

– "Status"?

A voz de Mina está cada vez mais dopada. Mas, também, um pouco irônica... melancólica...

– ... Amy e Jon, o perfeito par imperfeito...

Amy está realmente preocupada com o estado de Mina.

– Vem pra pista, Mina.

– … os vencedores… o gato selvagem de asas, que anda pelas paredes… e a gata atrevida e bem-nascida, que todo gato gostaria de ter…

– Você está delirando…

– *Amy*…

– Vai, Amy. O Jon não gosta de esperar.

O destaque que Mina dá para o último comentário é cheio de dor.

– *Sai daí, Amy.*

– Você só tá um pouco louca! Volta pra pista, Mina. Você já pegou uns caras bem gatos. Tem mais um monte de gatos te esperando.

– *Eu preciso falar com você.*

– Não é fácil viver com a morte assoprando no pescoço.

É um tanto quanto óbvia a pergunta que Amy fará, mas ela não está em condições de pensar em algo melhor.

– Você tá doente?

Jon não desiste…

– *… Amy…*

– … o que é que você tem, Mina?

– Hepatite C…

A resposta choca Amy tanto pelo triste conteúdo, óbvio, mas também pela maneira direta como é dita. Mina continua dando flashes de sua triste história…

– … é a hepatite que ainda não tem cura, sim, se é isso o que você quer saber.

Amy não sabe o que dizer. O silêncio ofende um pouco Mina.

– Não faz essa cara de pena, Amy…

– … *se você não sair do banheiro, eu vou entrar, Amy.*

– … você devia ter pena é de si mesma. Sua história é bem pior do que a minha.

Mais uma vez, Amy toma por delírio a fala de Mina.

– É melhor você ir embora, Mina.

– Você viu alguma porta de saída?

– Claro que sim. A…

Amy se lembra de que a única porta que ela viu até agora é aquela de aço, para onde os *Boots* levaram Sumbe Menongue e Youhan.

– … a porta onde está escrito… **Acesso proibido**.

– Aquela porta não leva pra fora.

– Como assim?

– Você ainda não entendeu, Amy: ninguém sai dessa balada.

#FICA difícil para Amy ignorar o que acaba de ouvir de Mina…

Você ainda não entendeu, Amy: ninguém sai dessa balada.

É impossível ela achar que se trate de delírio, ou não ver sentido nas estranhas frases ditas pela não menos estranha Mina.

– Sobre o que você está falando, Mina?

– Descobre você mesma. Tenta sair da balada… tenta…

E Mina vai saindo do banheiro, deixando no ar um rastro de sua fala, como um eco…

– … tenta… teeeenta… tentaaaaaa…

Amy sai pela porta do banheiro que Mina deixou encostada, mas não consegue alcançá-la. Jon é mais ágil e pega Amy pelo braço.

– Me solta, cara.

– Não.

Amy está com o entendimento dando tilt. Com as flores pretas de Mina orbitando em sua mente, como se fossem um móbile macabro, as últimas palavras dela ainda reverberam em sua confusa cabeça…

Tenta sair da balada… tentaaaaaa…

— Que cara é essa, Amy?

Ela não pretende prestar atenção em Jon.

— *Game over.*

— Como assim, Amy?

— Acabou.

— Do que você tá falando?

— Já entendi tudo.

— Entendeu o quê?

Mesmo no estado de choque em que está e totalmente tomada pelo clima de, digamos, quase terror que seus últimos pensamentos lhe incutiram, Amy não consegue deixar de achar absurdo o que dirá.

— Nós estamos mortos, cara.

Jon solta uma gargalhada. Amy não acha nada engraçado o que disse.

— É sério, Jon. Nós estamos mortos.

— Você escuta o que diz?

Amy confere os *dancers* à sua volta; não vê o menor sentido no que disse, mas, mesmo assim, ela repete…

— Todo mundo nessa balada está morto.

— O que você tomou, gata?

A enorme simpatia que Jon está sentindo por Amy faz o cara deixar de ser irônico.

— Desculpa, Amy, mas o que você disse é muito absurdo.

— Não é não, Jon.

— De onde você tirou isso? Nós estamos aqui para nos divertir.

— Eu demorei pra entender o que estava acontecendo. Talvez eu não quisesse ver.

— Amy, vem comigo pro *lounge*. Alguma coisa não te fez bem. Daqui a pouco vai passar.

Nada do que Jon está dizendo faz sentido para Amy. Ela não consegue desconectar-se de seu desassossego.

— Que coisa macabra, cara. Eu devia ter pensado nisso antes.

Jon segura Amy pelos braços, tentando acalmá-la.

— Para, Amy.

— Eu não quero estar aqui.

Só depois que Jon sacode Amy com mais força é que ela se controla um pouco.

— Eu vou sair fora, Jon.

— Você só está um pouco assustada. É isso.

Desgrudando-se de Jon, Amy fica mais assustada.

— E você? Quem é você, Jon?

O clima nem combina, mas Jon não consegue deixar de usar um certo charme quando vai responder.

— Um Jon qualquer.

— Por que essas asas nas suas costas?

— Coisa de cara exibido. Eu adoro as minhas costas!

— Ou será que você é um desses anjos da morte, igual aos que a gente vê nos filmes?

Com um sorriso bem mais malicioso do que sobrenatural, Jon arremessa um beijaço na boca de Amy. Não muito longo e nem muito romântico. Mas intenso. Bastante intenso.

— Esse, por acaso, foi um beijo do além?

Amy não sorri.

— Sentiu o clima, *babe*?

Claro que ela sentiu (e curtiu!) o clima do beijo, mas Amy prefere não dizer nada. Jon continua…

— Eu sou só um Jon… um pouco injuriado, meio carente… curtindo o meu parkour…

Os olhos de Amy se arregalam.

— Parkour? O que é isso?

— Calma. Não é nada sobrenatural. É um esporte. Você já deve ter visto, pelo menos naquele videoclipe antigo da Madonna, no Japão, onde um cara fica andando pelas paredes, pulando pelos telhados, escorregando pelos corrimões… parkour é isso. Um esporte radical urbano… percorrendo caminhos pouco comuns… caminhos "concretos"… "materiais"… Nada sobrenatural.

Mais do que ouvir os destaques que Jon deu a "concretos" e "materiais", ele ter falado sobre um videoclipe da Madonna deixa Amy mais conectada à realidade da qual Jon está querendo que ela se aproxime.

Seja qual for o lugar para onde se vai depois de morto, nesse lugar, os videoclipes de Madonna não devem ser um assunto recorrente. Ou será que são?

— Tem certeza, Jon?

— Do quê?

— Que você não é... sei lá... um tipo de receptor do além... e que achou que eu ainda não estou preparada para saber "a verdade"?

— Quanto ego, hein? Achar que essa balada é só uma armação pra preparar você pro além? Tá podendo, hein?

— Por que você veio atrás de mim?

— Porque você é a melhor coisa que me aconteceu.

Amy acha melhor passar por cima de ter sido chamada de "coisa", atendo-se apenas ao final da frase.

— "Te aconteceu"? Não aconteceu nada entre a gente.

— Aconteceu, sim. E vai acontecer muito mais. É só você querer.

— E o seu namorado chinês?

— Que namorado? Se liga! Eu não teria o menor problema de dizer, se eu fosse gay. Na verdade, eu tenho o maior orgulho...

— Ah... não falei?

— ... de ter sido criado em uma família gay.

— Família gay?

– Eu sou filho de duas mães.

– E por que você me esnobou pra ficar com ele?

– Eu não te esnobei. Eu só queria acabar o papo que nós tínhamos começado. O cara tem uma história interessante. Ele é um youtuber… digital influencer… tem um blog que está proibido na China e está tentando usar o blog para mobilizar as pessoas que pensam como ele, pra fazer um movimento pacífico a favor dos direitos humanos, alimentação saudável, sustentabilidade… As ideias do Youhan combinam com o que eu penso sobre o mundo. Ele disse que, por causa dessas ideias, já tiraram o blog dele do ar um monte de vezes e que ele está vivendo um tipo de liberdade vigiada. Foi até ameaçado de morte.

– Por quem? Por algum russo?

– Não faço a menor ideia. Mas o cara falou que, se conseguir divulgar o que sabe, a Terra vai tremer.

– Será que é por isso que ele foi levado pelos *Boots*?

– Não sei. Ele não foi o primeiro a ser levado. Mas não vai encanar com isso agora. Não foi pra falar sobre o chinês que eu procurei você.

Difícil para Amy acreditar no que acaba de ouvir.

– Não?

– Eu vim atrás de você pra gente ficar junto… pra curtirmos a balada…

Quando Amy está quase acreditando e se deixando levar pela pseudoinocente cantada de Jon...

– Tá na sua hora, garoto!

Como sempre, SHIFT e DEL estão com caras de pouquíssimos amigos. O tom de SHIFT é frio, ameaçador, mas também irônico.

Não dá tempo de Jon dizer mais nada. Quando Amy dá por si, os *Boots* já estão levando Jon em direção à porta de aço com a placa de **Acesso proibido**.

⧖

#0 CONTORCIONISMO de Mig no vagão do metrô para pegar um frasco de gel higienizante na mochila é ensaiado, como quase todos os gestos dele.

Como está acostumado a chamar alguma atenção em lugares públicos, por causa da máscara com a bandeira do arco-íris, mas não só por isso, o cara faz questão de usar essa pseudofama para espalhar boas práticas.

É enquanto confere o universo ao seu redor, higienizando as mãos, que Mig vê um cara a poucos metros de distância...

– Jon?

Não pode ser. Pelo horário, Jon deveria estar em casa dormindo (ele tem chegado cada vez mais tarde). E Jon não está careca e nem tem uma estrela de cinco pontas tatuada na mão esquerda.

– Falou comigo?

Os olhos azuis que o cara tirou de cima da página do livro que estava lendo também não são os de Jon. E o sorriso de Jon não é tão desconfiado quanto o que o cara mostrou abaixando a máscara para fazer essa pergunta.

– Você é a cara de um amigo meu.

O sorriso fica mais desconfiado. Mig entende que tem que ser rápido.

– Isso não é assédio e nem cantada. Tá?

A desconfiança do cara não passa pelos temores de uma suposta importunação de Mig.

– Desculpa, cara, eu estava concentrado aqui nesse abismo.

O cara mostra a capa do livro.

– Já leu?

Mig confere a capa, *A influência magnética de Franz Anton Mesmer*, de doutor Alejandro Puig, neurocientista.

– Não que eu me lembre.

Reajustando a máscara, o outro cara completa...

– Se tivesse lido você se lembraria. Sensacional!

Está muito difícil para Mig relaxar. Ele continua intrigado demais com a semelhança entre o cara e Jon.

– Galilleo. Muito prazer!

– Oi... oi, Galilleo. Mig.

Galilleo não precisava ficar olhando tão fixamente para Mig, mas é o que ele faz. E, intrigado, quer saber...

– Tá tudo bem, Mig?

Finalmente Mig consegue se concentrar.

– Cara, você e o Jon são muito parecidos. Nunca te falaram sobre isso?

– Não. Agora, tô curioso.

Mesmo estando sem sinal para acessar as redes sociais, tem fotos de Jon no celular de Mig. Galilleo confere com eufórica curiosidade.

– É. O cara se parece muito comigo. Ou será que sou eu que me pareço com ele?

Anunciam a próxima estação.

– Vou descer. Me adiciona, cara. Galilleo. Dois "éles" na terceira sílaba e "o" no final. Sem sobrenome. Quem sabe a gente marca de tomar umas com o meu clone.

Galilleo sai do vagão. A porta se fecha. E Mig segue em direção ao food truck, onde Lisa o espera. Duas xícaras de expresso vazias já disputam espaço com o celular sobre a mesa vintage de madeira reciclada.

Não passa despercebido para Mig que ao ver que ele se aproximava, Lisa, com a agilidade assustada de uma felina que quer se proteger, guarda na bolsa sobre a mesa uma pequena embalagem plastificada transparente, que ela conferia enquanto consultava algo em seu celular.

Claro que os olhos afiados de Mig e as sinapses de sua mente esperta e atrevida entendem se tratar de algo tecnológico e, pela reação de Lisa, superpoderoso e perigoso.

Um míni pen drive? Um microchip? Seja o que for, apesar de mínimo, o objeto deve ter a potência máxima de uma ogiva nuclear.

Mas Mig sabe que nada adiantará perguntar a Lisa do que se trata. É por isso que ele começa a conversa por onde pretendia...

– Meniiiina! Você não tem noção do que acaba de acontecer.

– E nem vou ter. Senta.

Mig não gosta quando Lisa fala com ele com tanta autoridade. E nem quando sobrepõe seu protagonismo eufórico acima de qualquer coisa, como se só ela e seus assuntos fossem importantes.

Desde que foi promovida a chefe sabe-se lá do que (ela até explicou, mas Mig fez questão de não entender), Lisa parece estar perdendo o controle sobre a elegância, que, aos olhos do melhor amigo, nunca foi das mais polidas.

A arrogância invadiu a autoconfiança. A prepotência está tomando conta do que era determinação.

Talvez seja por isso que Mig resolva punir Lisa.

– Não quer saber? Azar o seu!

Lisa ainda se dá ao luxo de protestar.

– Você não vai prestar atenção em mim, Mig?

– E você deixa, atualmente, alguém não prestar atenção em você?

– Dramático!

– Sincero!

– Tá...

Lisa dá um gole no (terceiro!) café expresso e continua protestando.

– ... eu estou prestes a viver a experiência mais importante da minha vida e não posso compartilhar isso com o único amigo em quem confio. Ok!

Pronto! Lisa já lustrou o ego de Mig o suficiente para que ele a aceite.

– Faaala, miga.

Chega uma mensagem no celular de Lisa. Ela confere em voz alta.

– O Jon acordou.

– Que fofo! Ele te avisa quando acorda?

– Quem me dera. Quem me avisa é o aplicativo.

– Lisa! Você continua controlando o Jon.

– Ele não me conta nada. E tá cada vez mais estranho.

É verdade. Mig e Lisa já falaram sobre isso. Nos últimos dias, Jon tem andado arredio, mais quieto, vago, misterioso, como se estivesse escondendo alguma coisa. E tem dado alguns perdidos na "família escolhida", chegando depois do jantar.

Tanto Lisa quanto Mig já tentaram conversar com ele sobre isso. O cara sorri, desconversa dizendo que está trabalhando muito, que chegaram novos alunos e tenta se mostrar como o Jon de sempre.

– Você vai perder esse cara, Lisa.

– Não vou. Ele depende cada vez mais de mim.

– Você pode até pensar, mas não devia dizer isso.

Lisa está quase perdendo a paciência que nunca teve.

– Mig, meu assunto de agora não é o Jon.

– Milagres acontecem!

– Eu não vou deixar você estragar o dia mais importante da minha vida.

Só agora Mig repara no novo e superpoderoso figurino de Lisa. O tecido do vestido curto com caimento perfeito é de alguma nova fibra que acaba de ser descoberta pelo mundo fashion e mostra que não são só os diabos que podem vestir Prada, Chanel... as cientistas de dados bem remuneradas também.

– Desculpa, miga...

Mig tenta desarmar a fúria egocentrada de Lisa com o que ela e 99,9% da população viva do planeta mais gostam de ouvir: elogios.

– ... você fica muito bem de "azul-poder"!

Tarde demais!

– Obrigada por me lembrar de que eu estou sozinha no mundo.

Lisa põe a máscara combinando com o tom de azul do vestido; pega a bolsa sobre a mesa, a pasta executiva de liga leve (que foi cobiçada em algum editorial de moda *pop-gringo-upper-upper* e adquirida em um site exclusivo de compras) que estava em uma cadeira e sai da praça; voluptuosa, arrastando as solas vermelhas dos sapatos salto quinze, que devem ter custado o salário mensal de Mig no food truck; e chamando o carro (agora, de luxo!) pelo aplicativo.

– Meldels! Aonde vai essa mulher?...

11

#AMY já está tão acostumada com os últimos acontecimentos sinistros (?) que estão acontecendo (?) na balada, que acha praticamente normal terem levado Jon. A garota está parada em uma outra questão: está achando para lá de estranha a amistosa aproximação de Jon.

E mais: como juntar as coisas que Amy ouviu de Mina às coisas que ela ouviu de Jon sobre o cara chinês e seu blog? E a advertência de cara perigoso em seu *card*? E a tatuagem de caveira no braço do russo, no pescoço da Servidora bipolar e nas costas da top model angolana?

E ainda há um fato que ela acha que, talvez, sirva de ligação entre tudo (se é que esses detalhes têm mesmo alguma ligação!): essa balada tem saída ou não tem?

Por enquanto, tudo o que Amy sabe é que ela não conseguirá dar mais um passo a não ser em direção a buscar algumas dessas respostas.

Conferindo à sua volta, Amy vê que a pista está mais cheia do que nunca e os corpos dos *dancers*, embalados numa vibração totalmente diferente da sua e afinada com a música eletrônica que sai das caixas.

Ela se sente um pouco ridícula. Está todo mundo se divertindo, dançando, se exibindo. Parece que estão todos vivos. E não tem ninguém ligado a uma possível conspiração internacional envolvendo blogs proibidos chineses ou milionários russos com tatuagens sombrias.

A essa altura da balada, difícil para Amy saber exatamente o que faz sentido, e pior: sob qual ponto de vista olhar para esse sentido.

Ⅱ

#LISA entra guerreira na sala preta no alto do prédio às margens do rio poluído, como se fosse uma fúria; com a determinação de uma rainha amazona das flechas eletrônicas.

O CEO da empresa está sentado na ponta da mesa, com os pés cruzados sobre o mármore preto. Ele interage com um leitor eletrônico.

O brinco, as tatuagens, o *black jeans/white T-shirt* e os tênis de última geração não camuflam: aquele careca gringo, sem sotaque e de meia-idade, não é amistoso. A máscara negra que ele deixou cair para o pescoço tem uma caveira e duas tíbias cintilando. O brilho da foice de diamantes pendurada no pescoço chega a cegar.

– Como vai, Lisa?

A figura materializada na frente de Lisa é ainda mais distante do que a versão virtual. O que, pelos contatos holográficos, parecia elegância hostil, ao vivo é só hostilidade.

– Está pensando que se atrasou.

É exatamente isso o que Lisa está pensando. Embora ela saiba que o "meeting", para usar a gíria local para reunião, esteja marcado para dali a quinze minutos. Mesmo sabendo que está adiantada, Lisa preferia ter chegado antes que o CEO.

– Eu cheguei antes para constranger você, Lisa.

Como não é por acaso que Lisa foi promovida, ela prefere pular essa tentativa, bem-sucedida, de provocação.

– Bom dia, Max. É um prazer conhecê-lo pessoalmente. Seremos só nós dois?

Só depois de mostrar que não se abateu com a provocação é que Lisa se lembra de tirar a máscara; o que prova que ela deve ter se abatido, sim, ao menos um pouco com a provocação do big boss.

Max tira os pés de cima da mesa. Com um comando no leitor eletrônico e usando os mesmos programas ultrassofisticados que tornam possíveis as reuniões holográficas a distância da empresa, ele transfere os dados que acompanhava para serem projetados no nada.

Como efeitos especiais de um filme futurista, os dados vão aparecendo em linhas horizontais, de cima para baixo e em cores diferentes.

Só Max entende o que quer dizer aquela estranha sequência de números e símbolos matemáticos suspensa no ar, que se renova a uma velocidade quase impossível de acompanhar.

Depois de mais um olhar predador, ele convida...

– Sente-se, por favor.

Max e Lisa assistem no streaming às mesmas séries sobre empresas de tecnologia, poder, metaverso, consumo e dinheiro. Muito dinheiro.

Séries em que se misturam tramas pops, personagens e locações charmosos e alinhados ao mundo contemporâneo; recheadas de competitividade, dramas éticos, segredos sombrios, exotismos, erotismo, puxadas de tapete e outras faces das más intenções. Às vezes, as séries camuflam o terror que abordam como suspense elegante. Outras vezes, formatam o sombrio como drama familiar. Tudo conduzido com diálogos afiados e pretensão a inteligentes, captados por ângulos que se propõem inusitados e inaugurando linguagens. Cenas premeditadamente iluminadas com luz estourada para esconder o que de fato significam. Edição pensada para criar "adicção". Trilha sonora gótico-pop. Interpretações que miram a simpatia do público, boas críticas, prêmios internacionais respeitados e audiência que possa garantir sobrevida de algumas temporadas para a série.

Tudo calculado com o auxílio luxuoso dos poderosos algoritmos, que vasculham as profundezas dos consumidores audiovisuais para saber como captá-los e aprisioná-los.

É inspirado por essas referências (e também servindo de inspiração para elas) que Max conduz seu império digital; o pântano eletrônico onde, a cada fase em que avança, Lisa tem que aprender a se movimentar com mais agilidade e competência, se não quiser sucumbir.

Sendo assim...

– Você domina o idioma alemão, Lisa?

Por enquanto, Lisa só foi até o português, o inglês, o espanhol e está cada vez melhor em mandarim, como já disse a Max.

– Não é o meu foco.

Pausa para uma expressão predadora de dono da bola.

– Então, se conhecer Arthur Schopenhauer, terá sido por lê-lo em traduções em algum outro idioma.

Lisa leu textos do filósofo alemão na faculdade, mas não se lembra de nenhuma das ideias dele.

– Eu evito traduções.

– Então deveria aprender mais idiomas.

– Ainda está em tempo.

Max mostra, com um sorriso irônico, que achou um híbrido entre engraçado e absurdo no que acaba de ouvir...

– Ah! Você se orgulha da sua juventude.

Claro que Lisa entende que não se trata de uma pergunta. É por isso que, em vez de responder, ela prefere provocar...

– É o que temos para o momento, Max.

Max quer brilhar...

– Schopenhauer fez algumas considerações interessantes...

Schopenhauer? Lisa estava crente que falaria sobre fragilidades do 5G, sobre DDL, ou SQL, padrão de banco de dados relacionais, realidade aumentada, aplicativos que captam sons ambientes sem serem acionados, programas controlados a distância por centrais não rastreáveis, micromáquinas de altíssima performance, nanossoluções estruturais... formas de monetizar o metaverso... jamais sobre Schopenhauer.

– ... não concordo com tudo o que ele pensa, Lisa, mas tem algo no que Schopenhauer disse que se aplica a essa nossa conversa...

O cara começou prolixo demais para o gosto de Lisa. Se ela estivesse assistindo a esse seriado, já teria abandonado ou adiantado o capítulo. E teria deixado de ouvir...

– ... a cada trinta anos surge uma geração que acha que inaugura o saber, que é a partir de suas ideias que o mundo gira, esquecendo que o mundo e as ideias já estão girando há séculos. Essa... "galera"... detesto essa palavra... quer ser mais esperta do que o passado e do que o futuro.

Uma pausa para Max passar os olhos nos dados que vagam pela sala. A aparição de linhas vermelhas mais constantes o aborrece.

– ... essas gerações, Lisa, devoram os resultados das formas de pensar anteriores a elas de forma tosca e, na maioria dos casos, acabam acreditando que foram eles que tiveram ideias brilhantes.

Lisa está fazendo algum esforço para tentar camuflar o que está sentindo.

– Você está achando que é papo de velho, não é?

Pelo visto, ela não teve sucesso.

– Não conheço as ideias de Schopenhauer, Max.

– Agora já sou eu falando: essa ideia dele, com a qual eu concordo, causa um atraso considerável no que podemos chamar de alguma evolução consistente. A memória humana está em extinção. Não poderia ser diferente. Conexão demais impede o pensamento profundo. Ainda mais agora, com o metaverso, onde não só o mundo ao redor é virtual quando está se "virtualizando" a existência...

Os campos com dados vermelhos ficam menos intensos. Max se tranquiliza.

– ... eu não estou reclamando desse excesso de conexão e desse verdadeiro descarrilhamento do mundo material; estaria sendo injusto. Trata-se da tempestade perfeita. A melhor formatação para tocarmos o nosso terror: as pessoas hiperconectadas, assustadas, assombradas... e prontas para usar mais um aplicativo que em nada mudaria a sua forma de funcionar antes dele... e para consumir o que jamais precisariam de fato...

Lisa tem alguma dúvida se já deve interagir, mas agora a conversa está indo para um ambiente onde ela sabe se movimentar.

– Você sabe que não é só isso, não é, Max?

Parece que Max gostou na interrupção.

– Wow! Ela pensa que sabe o que eu sei!

– Eu poderia passar algumas horas aqui, detalhando os ganhos da humanidade com a conexão, o mundo digital e as possibilidades...

– Mas como a minha hora é muito mais cara do que a sua, Lisa, é melhor nós nos atermos ao foco que eu escolhi para lhe dizer o que quero: você é a melhor pessoa para ser o meu braço direito nesse país e nos projetos que estou vislumbrando com os programas já desenvolvidos e que criaram a possibilidade do metaverso.

Eu digo "no país", por enquanto. Você tem potencial para muito mais.

A ambição eletrônica salta pelos olhos de Lisa.

– Na sua idade, Lisa, eu teria ficado tão excitado quanto você com a promoção que já recebeu, com a saída do Ryo, e com as possibilidades que uma pessoa que acredita no que você acredita vê nesse trabalho. Mas como eu, ainda bem, não tenho mais a sua idade... e sou seu chefe... preciso lhe dizer que, olhando de onde olho, vendo o que lhe aguarda, eu não gostaria de estar no seu lugar.

Depois de dez minutos de conversa, passado o encantamento e cansada de se sentir diminuída pelo carisma maligno do careca tatuado, Lisa começou a realizar o quanto aquele cara era egocentrado, prepotente, manipulador, sarcástico, astuto, perfeccionista... e alguns outros adjetivos menos "elogiosos" (?) que ela aprendeu a nominar desde adolescente, lendo todas as previsões astrológicas diárias para os signos do zodíaco.

Ler o horóscopo de cabo a rabo foi a primeira forma que Lisa encontrou para ter acesso (e controle) sobre todos que estivessem à sua volta. As outras foram bem piores.

– *Almas mortas...*

Essas duas palavras soam como tapas nos ouvidos de Lisa. Ela estava longe em seus pensamentos.

– ... Nikolai Gógol.

Nossa! Lisa deve ter perdido uma boa parte da conversa. Isso a deixa fragilizada.

– "Alma" era como os russos chamavam os "mujiques", os camponeses, que viviam em estado de servidão, entre o século XVI e parte do século XVIII.

Parece que o cara vai continuar babando livros.

– Nessa época, na Rússia, os latifundiários eram "donos" desses empregados e pagavam impostos sobre eles, mesmo depois que morriam; até que um novo censo se realizasse e eles fossem dados oficialmente como mortos. Foi o poeta Aleksandr Púchkin quem deu a ideia para o livro ao Gógol, a partir de uma notícia de jornal.

Às vezes, Lisa ataca com a estratégia de delatar um defeito próprio, com humor e superioridade, para parecer que, mesmo com essa falha, ela ainda é superior.

– Acho que para interagir com você, Max, eu preciso ler mais.

– É para interagir consigo mesma que você deveria ler mais.

Breve pausa para Max admirar a si mesmo pelo que acaba de dizer, e...

– ... resumindo a trama do livro, pois eu sei que você não está nem um pouco interessada: um cara sai "comprando as almas" dos "mujiques" que morreram, diminuindo a dívida dos donos das terras. As almas passam a valer como se fossem "commodity".

Quando Max fala em mercadoria, finalmente Lisa começa a prestar mais atenção. Aquela, aos olhos de Lisa, "baboseira toda" vai começar a ter alguma lógica.

Afinal, é sobre isso que se respira 24 horas por dia na empresa dele: mercantilizar.

– Não vou fazer um spoiler sobre o livro, mas a razão que move o cara que compra as almas não é das mais nobres.

Pelo fato de o livro ter interessado a Max, esta ideia jamais teria passado pela cabeça de Lisa: que a história caminharia para algum final humanitário e feliz.

Max aciona um comando em seu leitor eletrônico e aparece flutuando perto dele um ranking com a população mundial dividida por países.

– ... hoje, na Rússia, há cerca de 140 milhões de habitantes... vivos...

O destaque que dá a palavra "vivo" faz Lisa aumentar a guarda.

– ... já pensou, Lisa, quantos mortos haveria para o protagonista desse livro envolver em seus golpes? E nos Estados Unidos, onde há o dobro dessa população? E na Índia e na China, com mais de um bilhão e meio de pessoas vivas cada uma? Quantas almas mortas deve haver na China... wow...

O relógio digital de aço cravejado com um diamante, no pulso de Max, acusa a chegada de uma mensagem.

– ... nosso tempo está se esgotando...

Max apoia os cotovelos no mármore preto e leva o tronco em direção a Lisa. Acariciando a foice de diamantes pendurada no pescoço como se ela fosse a chave para algo muito mais precioso do que a pedra que ela é feita, o dono do caos diz...

– ... você, certamente, se lembra de que a nossa conversa está sendo gravada e que, desde que assinou o novo contrato de trabalho, está submetida à mais absoluta confidencialidade e controle.

"Submetida à mais absoluta confidencialidade e controle": que frase mais cafona. Nem parece que Max leu mesmo tantos livros. Ainda mais dos grandes autores russos.

– Claro que sim, Max.

– Nós ainda teremos outras conversas, especialmente sobre os programas aos quais você terá acesso daqui para frente...

– Eu estou bem atualizada em relação à nova geração de programas para interagir com dados correlacionais, metaverso e...

– Você ainda não tem maturidade para realizar a ingenuidade do que acaba de dizer. Os programas que de fato interessam estão muito além de onde você consegue imaginar.

Mesmo achando se tratar de mais um exagero, Lisa prefere não responder.

– O projeto que você conduzirá se chama provisoriamente "Dead Souls". Ele começa pela Ásia. Você passará seis meses na China...

Ao ouvir isso, Lisa pensa em Jon. Um tremor percorre o corpo dela. O coração dispara. Jon jamais aceitaria passar seis meses na China. Lisa não existe sem Jon.

– ... trabalhando os dados das almas mortas. Nós vamos transformá-las em commodities. Você deve estar se perguntando: "por que eu preciso estar lá fisicamente?"

Essa pergunta nem passou pela cabeça de Lisa. Ela ainda está parada no assombro da certeza de que Jon jamais aceitará ir com ela. Mas o show tem que continuar e Lisa segue fingindo estar plenamente ligada no que está ouvindo de Max.

– Claro que é para poder colher os dados que precisaremos sem deixar rastro digital. Isso seria impossível de fora da China. Lá dentro, teremos como nos proteger e em breve você saberá isso em detalhes. Ah... depois que você escanear a China, vamos estender esse projeto para o restante do mundo.

Foi assim que Max tirou o chão dos pés de Lisa: deixando-a transtornada por ter que se afastar de Jon e impactada com a morbidez do que a espera.

II

HÉ SEM ter a menor ideia do porquê de estar ali que Amy chega ao bar. É o mesmo bar onde ela conheceu o garoto loiro e depois garota negra. Mas quem atende ali agora é um Servidor com a pele escura dos árabes, quase tombando pela própria altura e sacudindo os músculos eletronicamente ao som de uma batida forte e que faz o chão tremer. Ele não lembra em nada o Servidor que estava ali antes, muito menos a Servidora bipolar enferrujada.

Por falar em "antes", o relógio digital na parede continua insistindo que são 11:11.

Mas a mão do Servidor (que mais parece uma pá de trator) estendida sobre o balcão, pedindo o *card* de Amy, é mais importante do que a insistência do relógio.

– Eu não quero nada.

O sorriso desse novo Servidor é o mais simpático da noite. Amy já decidiu que vai tentar ser o menos óbvia possível e não cair na tentação de começar perguntando: "Cadê a Servidora invocada que estava aqui?"

– Você é quem sabe, gata...

O Servidor pensa em ir procurar outros *dancers* para atender, mas, como nesse momento não tem ninguém no balcão, ele se atém a Amy.

– ... mas deveria querer.

Nesse final de frase, o Servidor está falando sobre si mesmo.

– E aí? Está se divertindo?

Estranho! Amy não consegue confirmar, muito menos negar.

– Não foi para isso que eu vim?

– Espero que tenha sido. Difícil acreditar que a gata ainda não se deu bem.

O cara está querendo flertar com Amy. Ou melhor, ele está flertando com Amy. Ela se lembra da advertência das regras da balada: intimidade entre *dancers* e Servidores é proibida. Mesmo assim, diz...

– Esta gata é exigente, cara.

– Mas, pelo visto, gostou de mim.

– Vem cá…

– Agora eu não posso.

Não era uma chamada literal e o Servidor sabe disso tanto quanto Amy, claro. Ela não está mais aguentando adiar a pergunta óbvia que tinha pensado em não fazer…

– E os Servidores que estavam aqui antes?

– Antes? Do que, *babe*?

– Mais cedo…

Difícil para Amy pensar em "mais cedo" se, desde que chegou, ela só vê a mesma hora.

– … quer dizer, da última vez que eu estive aqui, tinha uma garota.

– Acho que eu posso servir você bem melhor do que ela.

Melhor ignorar a cantada de quinta categoria do Servidor árabe. E olha que ele nem precisaria "apelar" para atrair Amy!

– Agora há pouco, os Servidores eram outros… para onde foi a garota?

– Não faço a menor ideia. Ela deve ser do outro turno.

Turno? Que papo é esse de turno?

– E você fica até o fim da festa?

– Fim da festa, gata?

Depois de lançar a pergunta, o Servidor começa a rir, como se Amy tivesse brincado ao se referir ao fim de festa. Amy prefere que ele continue achando que ela sabe sobre o que ele está falando.

— Modo de dizer…

— Pensei que você fosse mais sem modos, gata.

— Rápido você, hein?

— Sou. Assusta?

— Depende. Se você me ajudar…

O sorriso do Servidor diminui.

— Tô achando que esse papo tá ficando com reticências demais no final das frases. Eu te agrado ou não agrado?

— Agrada…

Amy resolve jogar todas as cartas de uma vez.

— … se me disser o que tem depois daquela porta de aço onde está escrito **Acesso proibido**.

— Quer que eu perca o meu emprego?

— Eu prometo que não pergunto mais nada se você me disser.

Uma terceira voz entra na conversa e interrompe a fala de Amy…

— Olá, Amy.

A voz de SHIFT.

#QUANDO Amy confirma que, realmente, se trata de SHIFT e DEL, de alguma maneira e com um sentido um tanto quanto obscuro ao que esse sentimento possa ter no momento, ela fica feliz. Tanto que Amy nem diz nada, já se preparando para ser carregada para fora da balada pelos *Boots*.

O próximo a falar é DEL. E ele, muito invocado, fala com o Servidor…

— Que papo é esse com uma *dancer*?

O Servidor responde no mesmo tom invocado e indignado.

— Papo? Não teve papo algum.

— O que é que tá pegando?

Para surpresa da própria Amy, não é ela quem se defende. E, é claro, nem tampouco DEL nem SHIFT ou o Servidor árabe. É o "alemão gato" que estava dançando com Mina. O cara continua com o corpão muito bem acomodado dentro de uma camiseta verde, calça escura mais folgada do que justa, cheia de bolsos, e com o elástico da cueca aparecendo; só que agora ele está sem os desnecessários óculos escuros aerodinâmicos.

Com o maior jeito de dono do pedaço, o cara passa para o lado de Amy e a abraça, simulando que ali tem um casal.

– Ela está comigo.

Amy não corresponde ao abraço, mas também não se solta. O alemão fala com uma arrogante simpatia máscula, querendo mostrar autoridade e educação ao mesmo tempo.

– Embora essa *dancer* seja uma praga, é a praga da minha vida. Ela é incapaz de fazer mal a alguém... a não ser a mim...

Os *Boots* continuam com cara de desconfiados. Desconfiadíssimos. O Servidor, ainda mais. É com ele que o cara alemão segue falando, agora, com ares de namorado enciumado.

– O que foi que você disse pra ela?

– Eu? Nada. Ela só queria uma dose de *e-music*.

O cara alemão aproveita a deixa para tentar emplacar uma história...

– ... foi por isso que nós começamos a brigar na pista. Essa menina é muito empolgada com as químicas... sabem como é: toda carne é meio fraca... e eu estava mais a fim de curtir a noite na boa; não é, amor?

Nunca a palavra "amor" soou tão inadequada aos ouvidos de Amy...

– Amor?

O cara alemão pressiona a mão sobre o ombro de Amy, para que ela não estrague o que ele está tentando fazer, e continua falando com os *Boots*...

– Tá ligado naquele tipo de garota que faz que concorda com você, finge que tá tudo bem, mas, por dentro, está furiosa e espera você baixar a guarda, pra dar um perdido e ir cometer seus crimes?

Os *Boots* ameaçam rir. Risadas de machos tóxicos mal-encarados, mas ninguém pode dizer que não sejam risadas. O cara alemão também sorri, vitorioso, e continua sua encenação...

– ... podem deixar que eu sei como cuidar da Amy.

DEL é o primeiro a parar de rir e quer que o Servidor confirme.

– Essa garota só pediu mesmo uma dose de *e-music*?

O Servidor responde rápido. Ele quer se livrar logo daquela situação...

– Claro que sim.

Os *Boots* trocam olhares cúmplices. E o "alemão gato" conclui...

– ... eu me comprometo a não deixar a Amy fazer nenhuma besteira.

Antes que os *Boots* tenham tempo de duvidar da armação do cara, ele sorri para Amy...

– Vem, amor, vamos voltar pra pista.

... e some com ela em direção à escuridão da balada.

– Me solta.

Se Amy está furiosa quando pede que o cara a solte, ele, por sua vez, abandona totalmente o simpático tom de alemão apaixonado ao deixar claro que não são esses os seus planos.

– Você já fez muitas besteiras, Amy.

Uma coceira nos olhos desconcentra Amy por alguns segundos. Mas logo ela se liga novamente na conversa e a coceira some.

– Se você não me deixar em paz, eu vou fazer um escândalo.

– Você já está fazendo um escândalo.

– Me deleta, cara. Eu nem sei o seu nome.

– Se o problema é esse: Johannes, mas pode me chamar de Hans.

O nome que acaba de ouvir conecta Amy a algo inédito até aquele momento para ela.

– Você disse… Johannes…?

– Disse.

– … Johannes… John… Ivan… Jon… todos os caras da balada têm o mesmo nome…

E o entendimento de Amy se esfacela ainda mais quando ela vê o corpo dançando a poucos passos de onde ela está e que completa a lista que ela tinha começado…

– … Youhan?

Pobre Amy! Se ela já vinha (a duras penas, sobre os saltos de madeira de suas trêmulas sandálias) tentando equilibrar sua petulância e seu precário entendimento, ao se dar conta da coincidência de nomes dos garotos com quem ela já esbarrou na noite, tudo piora.

Coincidência? O desassossego faz Amy se desconectar de Johannes.

— Espera…

Amy não está interessada em falar sobre seus tormentos com o cara alemão que, aos seus olhos, está fazendo esforço demais para entrar em sua história. Ela sai andando sabe-se lá em direção a onde.

— Volta aqui, Amy…

Johannes a alcança. Amy sente uma leve tontura.

— Me deixa, cara.

Não é tão fácil como ela pensa se desconectar do cara alemão.

— Eu não vou deixar você fazer uma besteira que vai te custar caro.

— Solta o meu braço.

— As coisas não são tão simples como você está pensando, Amy.

A tontura piora. A balada em volta de Amy dá um looping; ela tem a sensação de estar se desintegrando. Fazendo algum esforço para se manter conectada, Amy consegue dizer…

— "Coisas simples", cara?

A estranha sensação está passando. Mas Amy está mais sensível do que antes. Como se seu corpo agisse em outra voltagem.

— As coisas não são como você pensa, Amy.

— Você já disse isso. Tira a mão de mim.

— Eu te avisei, Amy.

Tarde demais para frases enigmáticas e vazias. Amy segue pela balada eletrônica. Mais fragilizada. Sensível ao bombardeio de iluminação cada vez mais estroboscópica. Tentando escapar das rajadas eletrônicas que saem da caixa de som. Ela quer chegar o mais perto possível de Youhan na pista.

Quando consegue...

– Youhan?

A música está alta. O cara chinês está quase em transe. Amy o puxa pela camiseta e reforça o chamado, com mais volume na voz...

– Youhan?

Voltando de seja lá para onde a música, a dança e a luz o tinham levado, o cara se assusta.

– Você disse "Youhan"?

– Disse.

Totalmente simpático, o cara abre o sorriso...

– Então, vem.

E, com a maior naturalidade, Youhan puxa Amy para dançar. Amy quer confirmar se ele a reconheceu.

– Você sabe quem eu sou?

Ainda mais simpático e puxando Amy pela mão, insistindo que ela entre na dança, o cara chinês responde...

– Não faço a menor ideia de quem seja você, mas você sabe quem eu sou. Isso, pra mim, já tá bom. Vem dançar, eu adoro essa música.

II

#NOS primeiros dias, enquanto isso ainda era uma dúvida, Jon não quis dividi-la com ninguém; sendo "ninguém" Lisa, Mig e suas duas mães.

Depois que o ecocardiograma confirmou que ele tinha a mesma síndrome cardíaca rara que Julia, o que queria dizer que as chances de ele ser filho legítimo eram grandes, o cara continuou não dizendo nada sobre isso com essas pessoas.

– Desde que eu me entendo por bicho...

Jon sempre usou essa frase feita dessa forma.

– ... eu sou filho adotivo...

O bicho tem andado injuriado e feroz, mas não no contexto em que está nesse momento.

– ... é assim que eu sempre olhei para o mundo... e que eu e minhas mães, meus avós, o único tio que eu tenho... é assim que todos à minha volta fizeram o mundo olhar para mim. Esse outro lugar aonde... "isso"... me joga é muito estranho, cara.

O "cara" com quem Jon está falando, na verdade, é uma "mina": doutora Hannah, que já virou só Hannah.

– Será que eu deveria te pedir desculpa?

– Por que, gata?

"Gata" é porque, desde o encontro para fazer o "eco", nessas últimas duas semanas, a cumplicidade entre Jon e Hannah só vem crescendo. A curiosidade, aumentando. A vontade de ficar junto, então, nem se fale.

– Bobagem minha.

Para comprovar que concorda com ela, Jon puxa Hannah para mais perto e lhe dá outro beijo. Eles estão enroscados, jogados no sofá, na microssala do pequeno apartamento de Hannah.

Como o andar é baixo (são os aluguéis mais baratos), a "quase varanda" da microssala está à altura das árvores de um parque que fica nos fundos do condomínio residencial. Tem um beija-flor destemido se engraçando com as rosas amarelas que Hannah cultiva, com amor, em uma floreira customizada com caquinhos de azulejos coloridos.

Hannah sabe cuidar com amor. E está cada vez mais difícil para Jon se desgrudar dela. E das rosas na floreira de cacos coloridos; da sala decorada com delicada elegância; dos livros que Hannah leu e que Jon está louco para ler; da comida orgânica que ele adora devorar; do sofá restaurado com couro vermelho sintético que ajuda a esquentar o sangue; e da cama com perfume de lavanda que tem no único quarto e onde acabam desaguando aqueles corpos de sangue quente.

Os pés descalços de Hannah deslizando em direção à cozinha, para pegar mais chá de capim-santo gelado, desconcentram Jon. Que poder têm os passos de Hannah! E o olhar, o sorriso, a razão, a sensibilidade. E o cheiro. O gosto. E as gargalhadas para emoldurar as vitórias que já teve. As lágrimas para suportar as derrotas que o preconceito fez sua família sofrer.

E as pausas, que Jon ainda não conseguiu decifrar direito. Duas semanas é pouco tempo. E ele está achando uma perda desse precioso tempo ocupar aquele encontro com essa conversa.

Mas só agora, depois de alguns dias, Jon está conseguindo materializar em palavras a montanha-russa de seus sentimentos e ressentimentos.

A distância entre a cozinha, onde Hannah foi pegar o chá, e a sala é mínima. Dá para continuar a conversa.

– Parece que eu morri.

– Só o teste de DNA vai confirmar se a sua hipótese é verdadeira, Jon.

Em nenhum momento passou pela cabeça de Jon fazer o teste de DNA.

– Eu não preciso do teste...

Jon dá um gole na caneca de Hannah, antes de completar...

– ... esse cara que tá aqui com você não é o que eu conhecia, antes de te conhecer.

A ideia é um pouco subjetiva demais para Hannah. Mas Jon sabe sobre o que está falando. Não é o caso de comentar esse detalhe com Hannah, mas, se ele ainda fosse o outro Jon, eles não teriam começado esse romance.

Jon nunca traiu Lisa. Na verdade, na cabeça de Jon, ele não está traindo Lisa. Ele se apaixonou por Hannah. Pela alegria, leveza, por tudo o que o cara conheceu da menina até agora. Impossível não se apaixonar.

Mas, e Lisa? Não. É muita coisa para Jon tentar acomodar de uma vez. Hannah sabe de Lisa, mas nunca perguntou nada e nem pretende perguntar.

– Jon?

Ela também nunca insistiu para que Jon ficasse quando ele diz que precisa ir embora. Até porque ele acaba ficando mais um tempão depois que anuncia a partida.

Por falar em ficar, essa é a primeira noite que Jon dormiu na casa de Hannah.

– Jon?

– Oi, desculpa. Eu estava longe.

Hannah sorri...

– Você estava pra dentro.

Jon sorri de volta.

– Dá pra parar de sorrir assim, gata?

– Não, não dá.

E Jon e Hannah se enroscam novamente pelos cantos do sofá.

– Eu preciso ir embora.

Agora são os pés descalços de Jon que se arrastam em direção à porta do banheiro, de onde também é possível continuar a conversa.

– Você não vai falar com sua mãe... com as suas mães?

– Falar o quê? "Oi, tudo bem? Eu sei que vocês mentiram para mim a vida inteira. E blá-blá-blá..."

– Você tá muito magoado.

– ... e triste... me sentindo rejeitado...

Jon já voltou para a sala e calça os tênis.

– Vai te fazer bem falar com sua mãe, cara.

– Não sei, não.

Está difícil para Jon amarrar o segundo cadarço.

– Já falei pra você parar de me olhar assim, Hannah. Eu preciso ir trabalhar.

Hannah o leva até a porta do elevador.

– Tchau, gata.

O elevador chega. Jon põe a máscara e entra, intrigado com um detalhe.

– Por que você nunca responde, quando eu digo "tchau"?

– Porque você não está indo embora.

A porta do elevador se fecha. Mas ainda dá tempo de Hannah mandar uma frase pela fresta da porta...

– Se liberta, cara.

Jon destrava a bike do poste em frente ao prédio, ainda sentindo os cheiros de Hannah, e com as últimas palavras dela reverberando em sua órbita.

Ter passado a noite com Hannah faz muito bem a Jon. Fazia tempo que o cara não se sentia tão livre, tão leve e nem tão solto.

A vontade de voltar que Jon está sentindo é absurda. Mas não dá, o cara precisa mesmo trabalhar.

Quando liga o celular, que ficou off-line desde a noite passada, além das trezentas mensagens de Lisa, das três de Mig, tem uma mensagem e uma chamada perdida que o intrigam.

É a elas que ele vai responder...

– Fala, dona Julia!

É a primeira vez que Jon fala com sua mãe, desde que descobriu que ela é sua mãe. Que frase mais absurda, essa que acabou de passar pela cabeça de Jon.

– *Meu filho...*

– Tsss!

– *... que alívio ouvir a sua voz. Onde você está?*

– No paraíso.

– *Não brinca, Jon.*

– Tô falando sério.

– *Estamos muito preocupadas.*

Claro que nesse coletivo de preocupações deve ter havido muitas interações com Lisa.

– Estão no seu direito. Nesse caso, é "no seu direito" ou "nos seus direitos"?

– *Onde você passou a noite, rapaz?*

Diferente delas, Jon não gosta de mentir para as mães...

– Na casa de uma mina.

... mesmo sabendo que estará se pondo numa enrascada.

– *Custava avisar...*

Julia deve ter percebido antes de concluir sua pergunta, que tem outra, e mais interessante, para ser feita.

– *... que amiga é essa?*

Jon está inspirado...

– Eu não disse amiga... Julia. Eu disse "mina".

Ele ia chamar Julia de mãe, mas achou estranho demais fazer isso.

– *Meu filho, eu não estou te reconhecendo.*

– Tá no seu direito.

O tom de voz de Jon é bem seco.

– *Está tudo bem com você?*

– "Tudo" é difícil, né?

– *Quem é essa...*

Ao se lembrar de Hannah, os olhos de Jon se iluminam. Julia está intrigada demais para esperar a resposta.

– *... o que é que você andou fazendo, Jon?*

Os olhos de Jon se enchem de alegria...

– Um filho...

... mas dura pouco. A alegria é devorada pela sombra de uma absurda tristeza.

– ... eu andei fazendo um filho, dona Julia.

Julia não sabe como interagir com o que ouviu.

– Tá aí, Julia?

O silêncio de Julia confirma a hipótese de Jon: ela já sabe que ele sabe.

– *Você quer me dizer alguma coisa, Jon?*

Julia está chorando. Jon está tão injuriado quanto magoado.

– Você quer me dizer alguma coisa, dona Julia?

Dá algum trabalho para Julia conseguir falar...

– *É melhor nós conversarmos pessoalmente.*

– Melhor pra quem?

Mesmo aos prantos, Julia consegue controlar as falas.

– *Você não quer vir pra cá, Jon?*

Será que é a mágoa ou a fúria o que faz Jon querer machucar...

– Não sei mais por onde entrar na sua casa.

... ele está machucado demais para perder essa deixa.

– *Quer que eu vá até aí, Jon?*

– Não.

– *Você vai me deixar parada nessa angústia? É isso?*

– Qual é? Que tom é esse? "Agora" vai me cobrar?

Julia sabe que não tem nenhuma frase que traga Jon de volta nesse momento.

– *Quando você quiser falar comigo, Jon...*

E Jon derruba a ligação, sem ouvir o fim da frase.

II

AMY não aceita a voz de comando de Youhan para dançar. Ele dança sozinho em frente a ela.

– Você tá perdendo as melhores viradas da música.

– Você é ou não é o Youhan?

O que faz Amy começar a duvidar são as atitudes do cara chinês. Ele está mais simpático e menos pilhado do que o Youhan que ela tinha encontrado antes. E fala mais devagar. A dança dele é menos robótica. A voz é um pouco mais grave. Mas a roupa é a mesma… os óculos… os cabelos espetados… tudo…

— Claro que eu sou o Youhan.

A música acaba. Isso faz com que o cara pare de dançar. Ele encara Amy com um olhar intrigado e quer saber…

— Qual é o papo?

Amy não pretende perder tempo…

— O nome Jon te diz alguma coisa?

Ninguém pode dizer que a pergunta seja enigmática ou muito intrigante. Mas a maneira como Amy fala, isso sim, é de arregalar até os olhos mais sonolentos.

— Não. Era pra dizer?

— Blog proibido… acesso ao serv…

A expressão de quem está ouvindo um absurdo, impressa no rosto do cara chinês, faz Amy deixar a outra metade da palavra "servidor" pendurada no ar. De intrigado que estava, o cara passa a ficar desconfiado.

— Que mina loka! E eu que pensei que tinha tirado a sorte grande. Melhor eu dar o fora. Da próxima vez que você mirar, vê se me erra, tá?

Quando Youhan dobra os dedos para simular com sua mão uma arma, Amy vê no pulso dele a caveira e a palavra NEZHIT tatuadas.

— E essa *tattoo*?

Para o cara chinês, o que ele mesmo dirá é a coisa mais óbvia e natural do mundo.

– Fizeram antes de eu entrar.

E Youhan evolui pela pista tão rápido quanto consegue, para se livrar da "mina loka!" Só que de louca essa mina não tem nada. Pelo menos, é isso o que Amy pensa sobre si mesma. E é isso o que a faz ir atrás dele.

Amy só não contava que seria captada pelo caminho.

– Finalmente! Encontrei a mina folheada a ouro.

– John?

O cara indiano parou em frente a Amy e não está interessado em deixá-la passar. O desconforto de Amy com a luz e o som somem.

– Pensei que não fosse te ver mais, Amy.

– Eu não posso perder o…

Tarde demais. Youhan já sumiu do campo de visão de Amy, no meio das nuvens de luz negra e gelo-seco.

– Eu não posso falar com você agora, John.

Bem mais atrevido do que antes, John chega o mais perto de Amy que consegue, abraça-a como se ele fosse um daqueles deuses indianos de muitos braços…

– E quem aqui está pensando em falar?

… e John crava os olhos nos olhos de Amy, querendo conferir se o acesso é permitido. É! Ele sorri e arremessa um beijo na boca de Amy. Beijo quente. Milenar. Picante. A sensação faz Amy flutuar e ver os globos de espelho do teto virarem poeira vitrificada.

Mas tudo isso dura pouco. E Amy fica possessa...

– Cara, essa não é uma cena romântica.

– Não foi o que eu senti de você.

John tem razão. Amy gostou do beijo.

– Agora eu não posso, John.

– Quando nos encontramos, da primeira vez, eu te causei uma má impressão, não causei?

Agora, todo mundo quer dar em cima de Amy!

– Achei você um fofo.

– Então, causei uma má impressão, sim. Eu vi os caras com quem você ficou, até agora. Eles não têm nada de "fofos". Você gosta de operar no modo perigoso.

Desnecessário dizer, mas o que Amy acaba de ouvir conecta-a totalmente ao cara indiano, exatamente como ele queria.

– O que você sabe sobre esse "modo perigoso"?

– Não vou te dizer assim, "de graça".

Amy pode estar insegura, confusa... mas boba, não.

– Já entendi: você não sabe nada.

Era a última coisa que John esperava ouvir. E ele não gostou nem um pouco de ter ouvido isso.

– Deixa de ser fria, Amy.

Alguma coisa em Amy entra em ebulição.

– Aonde é que vocês não querem que eu chegue?

John está demorando muito para responder. Vacilou!

– Eu vou chegar, cara.

Amy já saiu de perto de John e se perdeu na pista. Enquanto procura por Youhan novamente, a sensação de desconforto volta. Menos intensa, mas agora constante.

– Eu vou chegar… eu… vou… che… che… chegar…

O que faz Amy gaguejar seu protesto em plena pista é quem ela acaba de avistar ali: Jon.

⚅

#AMY toma sol, drinks e ouve música eletrônica na beira da piscina da casa de Créssida, que confere uma mensagem de texto que acaba de chegar.

– O Jean tá chamando a gente pra uma baladinha "A+" hoje, Amy. Vai estar todo mundo da escola americana. Só entram "trivacinados" e tem que apresentar o certificado de vacinação e medir temperatura na porta.

– Ah, eu não tenho a menor paciência pra turma do High School!

– Vai ser bom pra você. A casa onde vai ser a balada é o máximo.

Amy não concorda nem discorda, mas se liga em um detalhe.

– Não sabia que você e o Jean tinham voltado.

– Nem eu. Depende de quem estiver no radar dele. Vou confirmar que nós vamos.

Amy balança os ombros. Créssida começa a digitar, percebe que Amy está se servindo de mais uma dose e para a digitação.

– Pega leve, dear.

– É o meu segundo drink.

– Nossas calculadoras estão em fusos horários diferentes. Deve ser por isso que os remédios não estão fazendo efeito.

– Me mira mas me erra, Créssi!

Enquanto responde a Jean, Créssida continua falando com Amy.

– Posso perguntar uma coisa?

– Não.

– Quer que eu vá com você tentar visitar seu pai?

– Eu disse "não".

– É sério, Amy. Tô ficando preocupada.

– Créssida, na boa, eu não estou preparada pra falar sobre isso.

– Cê já pensou em fazer terapia?

– Assim não vai dar. Achei que você tinha me chamado na sua casa pra relaxar.

– É sério, miga. Falar ajuda.

– Ajudaria mais se todo mundo parasse de pegar no meu pé, se os *paparazzi* deixassem de me seguir...

Chega uma nova mensagem para Créssida.

– ... abaixa esse áudio, Créssida!

Mensagem que faz Créssida arregalar os olhos, antes de dizer...

– Venderam a fazenda! Temos que ser rápidas.

– Depois falamos sobre isso, pode ser? Eu estou exausta. Tá muita pressão, Créssi.

É assim que Amy não deixa que a conversa sobre o dinheiro escondido na fazenda evolua. Até porque ela não tem mais o que dizer; e sabe que quem estará no comando dessa situação será Créssida.

Amy sabe também que, até que tudo esteja resolvido, deve se manter o máximo possível alinhada à amiga; e contrariá-la o mínimo possível.

Essa é a razão principal que faz Amy aceitar ir à baladinha "A+"...

– Ah... tem fila, é?

Assim que desce com Créssida do carro (de luxo) chamado pelo aplicativo (idem), vestidas, mascaradas e maquiadas (idem-idem), Amy se espanta ao ver a fila na porta da casa noturna (idem-idem-idem). Ela está usando o já famoso vestido de lamê gliterizado prata.

Uma fila um tanto quanto idem-idem-idem-idem (bem-vestida, bem formada, "bem" mascarada, moldada, poliglota etc.), diga-se de passagem, mas que não deixa de ser uma fila!

– Tem fila, sim, Amy. Só pra quem não pode.

– Eu nunca soube como pegar uma fila. E nem pretendo aprender.

Chega uma mensagem para Créssida. Ela se empolga...

– Nossa chance...

Não precisaria Amy ter a metade de sua esperteza para entender que se trata da "pauta bomba".

– ... meu primo vai fazer uma festa de despedida no sábado, lá na fazenda. É a nossa última chance pra tirar aquela grana de lá.

Mensagem captada e decodificada por Amy: sábado ela e Créssida irão à festa na fazenda.

Não há mais o que dizer sobre isso. E nem haveria tempo. Elas acabam de chegar à porta da balada, onde Lady Mars, dentro de um cercado metálico de proteção, faz as vezes de hostess, acompanhada por dois seguranças parrudos, tão mal-encarados quanto lindos.

Apesar do nome futurista-interplanetário, Lady Mars se veste mais como umx heroínx gótico-românticx (à la personagens de Mary Shelley) do que semelhante aos figurinos espalhafatosos da fase inaugural de Lady Gaga. Umx heroínx gótico-românticx remixadx (com botas brilhantes, vestido curto preto com gola de babado de renda branca, máscara de tecido fluorescente e face shield em formato de borboleta, com peruca exalando reflexos de LED).

– Cheguei, Lady Mars!

Ao reconhecer a voz da cliente assídua, Lady Mars se volta para Créssida e, enquanto troca com ela dois beijos à distância, sem se tocarem, se encanta com a figura de Amy.

– "Ela" veio meeeesmo!

– E sem cobrar cachê de presença VIP!

Amy não gosta da brincadeira de Créssida. É Lady Mars quem diz...

– Sejam bem-vindas, amaaaadas! Vocês tão liiindas! Quando eu "redesignar", quero ficar igualziiiinha a vocês!!! Ahahá!!!

Lady Mars faz sinal para um dos seguranças e adverte as meninas...

– Comportem-se mal!

O segurança entende o recado do sinal e abre um portão lateral na grade de proteção; Amy e Créssida passam por ele e vão em direção à porta da entrada, ao som da frase de um dos garotões da fila...

– Ihhh... se liga: não é aquela mina que dedou o pai pros Federais?

Outras pessoas se ligam. Amy, sem se virar para trás, faz um reconhecido sinal de desagrado, que valoriza o dedo médio da mão direita, e entra com Créssida pela porta de aço que o braço forte do segurança acaba de abrir.

A balada já está bombada. Música de boa qualidade, bebida de boa qualidade para agradar a fatia considerável de herdeiros do PIB nacional e de alguns dos maiores fundos de investimento, que está ali para se divertir; entendendo-se por diversão se exibir, ostentar e medir jatos de poder.

Não demora para Amy e Créssida encontrarem Jean (o quase namorado fixo de Créssida) e caírem na pista. O cara tem nome francês mas é descendente de indígenas e europeus; vem daí sua pele morena superbronzeada, cabelo liso castanho, o sorriso muito branco. Jean só revela a dose europeia do sangue no tom claro do azul dos olhos.

Aparentemente, Amy está se divertindo. Ou estava. Até que ela reconhece o primeiro dos *paparazzi*. A alguma distância, mas tentando captá-la.

– Má ideia eu ter vindo.

Créssida confere que há, pelo menos, mais dois *paparazzi* camuflados.

– Relaxa, Amy. Qualquer coisa, a gente chama os seguranças.

– Esses caras molham a mão dos seguranças...

Ao perceber que foi visto, o trio dos *paparazzi* se desinibe e vai em direção a Amy.

– ... se eles chegarem muito perto, eu vou quebrar as câmeras desses caras.

– Amy?

A fúria que começa a tomar conta de Amy impede que ela perceba a aproximação de quem acaba de dizer seu nome. Pensando que é um dos *paparazzi*, ela interage de forma grosseira...

– Não me enche.

– Jimmy!

Só quando Créssida diz o nome do cara, sorrindo para ele, é que Amy se liga no garotão sarado, loiro e de olhos escuros, com um perfume discreto mas marcante, dentro de uma camisa polo com logotipo colado do lado esquerdo do peito e que faz inveja a quem (ainda!) se liga nesses emblemas (duvidosos) de poder; ou seja, a maioria dos que transitam por aquela pista.

Jimmy não se abala com a fúria de Amy e reage a ela com um meio sorriso com o canto esquerdo da boca. Os dentes do cara têm um brilho absurdo de intenso.

– Não está me reconhecendo? Da escola americana?

Créssida tenta reavivar a memória de Amy...

– Jimmy, the Russian!

Mesmo sem se lembrar de Jimmy, Amy entende que pode baixar a guarda.

– Desculpa, cara. Pensei que fosse um fotógrafo.

– Tô ligado que você anda famosa.

O trio se cumprimenta com beijos.

Amy percebe que a chegada de Jimmy refreou a investida dos *paparazzi*, e gosta disso.

– Preferia não estar famosa.

Jean, que tinha ido pegar uma bebida, se aproxima. Como manda a boa educação, mesmo em uma balada, Créssida o introduz...

– Esse é o Jean.

Os rapazes se cumprimentam com acenos de cabeça desinteressados.

– Conheço ele, do clube. E aeh, Jean?

– Beleza?

Jimmy volta a se concentrar na razão que o fez se aproximar...

– Quanto tempo, Amy!

– Eu estava fora.

– Também tô pelo mundo. Mas os velhos insistem em ter negócios aqui. Laços afetivos com a minha avó brasileira. Tá sozinha?

– Hum-hum.

Créssida é mais rápida do que Jimmy...

– Fica com a gente, Jimmy.

Mesmo percebendo o sutil olhar de desaprovação de Amy para Créssida, Jimmy não é um cara que se deixe abater com esse tipo de negativa.

– Fico.

Amy observa aborrecida a avidez dos *paparazzi* à sua volta, prontos para entrar em ação.

– Que saco!

O olhar intimidador e fulminante de Jimmy para os *paparazzi* faz com que eles baixem suas câmeras. E Amy começa a gostar de Jimmy ter ficado. Ela e ele se desconectam de Créssida e Jean e vão pela pista, começando a operar no modo "talvez casal".

Não demora muito para Amy gostar também do bom papo de Jimmy, constatar que ele dança com charme e desenvoltura, diz coisas inteligentes sob pontos de vista interessantes... e que ainda beija bem.

Foi só Amy e Jimmy se beijarem para um dos *paparazzi*, que continuava à espreita, se aproximar a começar a clicar.

O olhar de desproteção de Amy potencializa a energia de Jimmy, que chega mais perto do mais atrevido dos *paparazzi* e o encara com a autoridade de um russo cuja família não ficou milionária praticando boas ações.

– Vai vazando...

A investida de Jimmy só aumenta a "euforia midiática" dos *paparazzi*, e faz os outros dois se aproximarem.

– Dá pra deixar a mina em paz?

Amy percebe que Jimmy quer briga e acha que as coisas podem piorar se ele partir para cima do cara.

– Deixa quieto, Jimmy.

– Bando de folgados!

O *paparazzi* destemido se interessa pela empolgação bélica que vê em Jimmy. Isso pode gerar fofocas ainda mais quentes e valiosas.

– Qual é, playboy? Acha que a gente tá aqui porque quer?

Os outros *paparazzi* já se aglomeraram em volta de Jimmy e de Amy e não param de clicar.

– Vocês estão aqui porque são escrotos. Desliga essa porcaria.

O *paparazzi* está cada vez mais animado...

– Sua mina tá valendo ouro, velho.

Está insuportável para Amy continuar ali. Ela está se sentindo cada vez mais acuada e perdida com os cliques dos *paparazzi* e os olhares que vêm da pista.

Amy perde o chão. O mundo em volta dela vira um abismo. Ela não sabe mais quem é, onde está ou o porquê de estar ali.

– Me tira daqui, Jimmy.

– Não sem antes quebrar a cara desse folgado.

Jimmy parte para cima dos *paparazzi*. Os seguranças são mais rápidos e os apartam.

Quando Amy volta a dar por si, ela e Jimmy já saíram da balada e cruzaram em um carro (de luxo, blindado) a cidade [idem (marginal ao rio poluído/viaduto estaiado/grandes avenidas/bairros de classe alta)] a uma velocidade destemida, ouvindo hard rock, até chegarem no flat onde Amy mora.

Só depois que sai do banho é que Amy, de fato, volta a se apoderar do que ela tem sido.

– Obrigada, cara...

Jimmy está jogado no sofá, mais interessado em interagir com o celular do que com Amy.

– ... definitivamente, eu não nasci pra viver em bando.

A distância abismática entre a frase de Amy e a interação de Jimmy mostra o quanto ele segue desatento a ela.

– Nem eu.

Bem mais simpática do que se mostrou até então, Amy sorri para Jimmy...

– Você melhorou bem, desde o High School, hein?

A frase de Amy não tem brilho atraente o suficiente para fazer Jimmy se desconectar. Ela começa a se aborrecer...

– Você vai passar a noite jogando videogame?

Os olhos frios que Jimmy levanta da tela mostram o quanto ele achou absurdo o que acaba de ouvir.

– Jogando videogame? Tsss. Tô conferindo minhas ações. Aportei, inclusive, em fábricas de videogame.

– A essa hora? O mercado ainda nem abriu.

– Se liga! O mercado tá quase fechando... na Ásia... ou você acha que eu aplico "aqui"?

As frases cada vez mais frias de Jimmy estão acendendo ainda mais o desagrado de Amy...

– Acho melhor você ir ficar mais rico na sua casa.

Finalmente Jimmy fecha o aplicativo por onde controla as ações, e isso não é uma boa notícia para Amy.

– Qual é, Amy? Tá me mandando embora? Eu tirei você da jaula.

– Tá, tirou. Obrigada. Agora, tchau!

O olhar frio e intrigado de Jimmy assusta Amy.

– Vem cá, Amy: por que você fez isso com a sua família?

Amy fica acuada.

– Sai daqui, Jimmy.

– A troco do que você traiu o pacto?

– Que pacto, cara?

Antes de responder, Jimmy esfrega os dedos polegar e indicador, referindo-se a dinheiro.

– Pacto, Amy...

Alguma ideia que passa pela cabeça de Jimmy o faz se levantar bruscamente.

– ... pensando bem, é melhor eu ir embora, sim.

– Sai daqui, cara. Você tá muito bêbado.

– Eu não bebo. Só não tô é a fim de ficar com uma mina que traiu o pacto.

Jimmy sai com passos firmes e fechando a porta com uma estranha energia, que faz Amy se arrepiar. É bastante perdida e assustada que ela tranca a porta.

Ao sair, Jimmy leva com ele todo o bem que sua presença tinha trazido para Amy e faz com que ela se lance ainda mais em direção ao abismo irreversível para o qual caminha.

⠿

É COM a cabeça e tudo o que faz Amy funcionar dando tilt, definitivamente estilhaçando qualquer tentativa de entendimento, que ela caminha para o canto onde Jon está.

Jon dança com Sumbe Menongue. O bando de *paparazzi* não deixa escapar nenhum mínimo flash do prazer da modelo angolana de estar dançando com o cobiçado garotão com um par de asas tatuado nas costas largas. Por sua vez, Jon não parece muito interessado nos flashes. Ele só quer se divertir com a sereia negra linda e estonteante.

– Jon.

De onde ela está, é impossível a voz de Amy chegar até Jon. Ela tenta se aproximar um pouco mais.

– Fala comigo, Jon.

Os *paparazzi* a empurram.

– Jon.

Às cotoveladas, Amy atravessa os *paparazzi* e cola em Jon e Sumbe Menongue, cada vez mais integrados e moldados como um casal que se diverte tirando o máximo de proveito do sensual remix de *black music* que sai das caixas potentes da balada.

– Jon.

O garotão de asas continua não ouvindo Amy. Na posição em que dança agora, Sumbe Menongue pode vê-la. Quando a reconhece, Sumbe ameaça sorrir. Mas se arrepende. A expressão de Amy não convida a sorrisos. Parece que ela está em estado de choque.

— Jon, fala comigo.

O grito de Amy é encoberto por um inesperado vocal agudo que sai das caixas, o que não quer dizer que Sumbe não possa ler nos lábios de Amy o pedido de socorro…

— Me ajuda, Jon.

Sumbe Menongue sussurra alguma coisa no ouvido esquerdo de Jon, que ele demora a captar. Quando entende, o cara se volta e vasculha Amy com os olhos tão assustados quanto os da modelo africana. Amy fica estática. Esperando alguma atitude de Jon que, aparentemente, também espera alguma atitude dela.

Mais um sussurro de Sumbe Menongue na outra orelha de Jon e ele afunda os dois dedos indicadores no peito sem camisa, como se quisesse dizer "É comigo que você tá falando?".

Amy sacode a cabeça, confirmando. Jon dá um passo em direção a Amy. Um passo é o suficiente para ela ver, do lado esquerdo do corpo, sobre um dos gomos do abdome sarado, a tatuagem do crânio estilizado e as seis letras da palavra NEZHIT.

#AMY não consegue dizer nada. Jon tenta…
— É comigo que você quer falar?

A voz de Jon é simpática e, aparentemente, ele não faz a mais vaga ideia de quem seja a garota plantada à sua frente.

— É comigo? Ou com ela?

Depois de um tempo, Amy consegue gaguejar.

— Eu sou a Amy…

Ela está sufocada, quase implorando que seja… reconhecida? Entendida? Aceita? Mas o que ela recebe de volta é…

— E eu sou o Jon. Muito prazer.

Não se pode dizer que Jon esteja sendo frio. O tom do cara com asas nas costas é até cordial, quase brincalhão. Mas uma brincadeira sem intimidade ou vontade de aproximação.

— Não faz isso, Jon.

— "Isso" o quê?

Jon está começando a ficar desconfiado da saúde mental da garota eletrizada à sua frente. Amy só piora as coisas…

– … fala que você me conhece, cara.

Sumbe Menongue chega mais perto. Ela fala com Jon, como se Amy não estivesse ouvindo.

– Você conhece essa menina?

– Claro que não. Você conhece?

– Ela falou comigo, mais cedo. Menina estranha. Repare como os olhos dela estão vermelhos.

– Parece que tá drogada.

Chegando um pouco mais perto de Amy, Sumbe Menongue sorri para ela e…

– Querida, ele não te conhece.

Amy escutou tudo o que disseram a seu respeito, mas não consegue interagir. Em vez de responder (até porque ela não saberia o que dizer nesse momento), tenta tocar a tatuagem de Jon. Com determinação, mas tomando cuidado para não machucá-la, Jon segura o pulso de Amy, antes que ela o toque.

– Acho melhor você deixar a gente em paz, Amy.

Depois de dizer isso, e talvez para ajudar que isso aconteça, Jon dá as costas para Amy. Aproveitando os primeiros segundos da debandada de Jon, Sumbe Menongue olha para Amy sorrindo; e, no tom de quem dá uma bronca, ela diz…

– Eu falei para você não mexer com isso.

Ao terminar, a modelo africana alcança as asas tatuadas nas costas de Jon e some com ele pista adentro. Abandonada, estagnada, em estado de choque, Amy fica colada na pista sem saber o que pensar, o que fazer e muito menos para onde ir.

Até que…

– O que você está deixando que façam com você, Amy…

É Ivan quem lamentou…

– … tá contente, agora?

E pelo tom provocativo e ameaçador ao mesmo tempo, ele fala sobre alguma coisa que Amy deveria ter entendido. Mas ela não entendeu.

– Contente?

– Agora que você descobriu quem é Nezhit, você vai sossegar ou… precisa de mais?

Descobriu quem é Nezhit? Sossegar? Nada do que ela ouviu parece fazer sentido para Amy.

– Espera um pouco, Amy…

Ivan vasculha com mais atenção o rosto dela.

– … pela sua cara, você ainda não entendeu. Ou será que o garotão de asas não quis te contar?

Amy está caindo como um patinho na armadilha que Ivan preparou para ela.

– Contar o quê?

Certo de que já foi cruel demais em seu suspense, Ivan resolve dizer…

– Nezhit é um morto-vivo, Amy.

– Como assim?

Antes de começar a falar, Ivan ilustra o que dirá apontando a tatuagem no seu antebraço.

– Todos nesta balada estão mortos e vivos.

Amy está cada vez mais atordoada, com o entendimento corroído, esfacelado, e sendo devorado por dúvidas cada vez mais sombrias. O que Amy viu recentemente não faz o menor sentido. E o que ela está ouvindo, então, tem um ineditismo tão assustador quanto absurdo.

Por incrível que possa parecer, saber-se morta e viva deu uma carga de energia a mais a Amy. É como se ela tivesse levado um choque revigorante, seja lá o que isso possa significar nesse momento.

– Aceita, Amy. Vai ser melhor. Todo mundo que tá aqui já era. Mais uma peça pregada pelo mundo imaterial.

Uma ideia quase infantil, porém suficiente para protegê-la do que acaba de ouvir, passa pela cabeça de Amy…

– Eu não tenho tatuagem.

Para Amy, também é importante acreditar que, de fato, ela não tem o símbolo e a palavra tatuados no corpo. Pelo menos, não nos seus braços, pernas, pescoço e outras partes do corpo que estão descobertas. Não há nenhuma tatuagem e ela também não se lembra de ter sido tatuada quando chegou.

E mais: quando ela ficou com Jon, da primeira vez, quando ele ainda a reconhecia!… o garoto não tinha nenhuma tatuagem da palavra NEZHIT no abdome.

Para Ivan, é a verdade dele que continua valendo.

– Você está vendo o que quer ver, Amy.

Talvez para que Amy não tenha chance de desdizê-lo, Ivan sai de perto dela. Mas a dúvida que ele deixou fica.

– Você entendeu o que ele disse ou quer que a gente desenhe?

Quem faz a pergunta é SHIFT.

– Que eu estou morta-viva?

É DEL quem corrige Amy...

– ... ele disse morta "e" viva.

Amy não sabe como reagir ao que acaba de ouvir. Só entende que, desta vez, as vozes dos *Boots* não estão frias e nem eles estão com expressões de violentos.

Os caras usam aquele típico tom de voz messiânico, dos filmes de iniciação, quando recebem alguém que fez uma longa travessia e chega ao lado oposto de onde saiu.

Depois de alguns segundos, Amy consegue falar...

– Morta-viva. Morta e viva... e tem diferença?

Os sorrisos de SHIFT e DEL também são muito mais amistosos do que irônicos. E DEL...

– Você nem queira saber...

– Claro que eu quero.

– Claro que você quer.

O tom de voz de SHIFT, ao reforçar a fala de Amy, é definitivo, como se para ele a conversa tivesse chegado ao fim.

Amy está ficando desconfiada... mais desconfiada... ainda mais...

– Vocês não vão me levar?

Quem responde é SHIFT.

– Negativo.

Quando Amy está quase protestando, DEL esclarece…

– Você pode ir sozinha. É só querer.

Claro que ela quer. E Amy segue pela pista, sem ter a menor ideia do que irá encontrar, indo em direção à porta de aço onde está escrito **Acesso proibido**.

> Amy, nosso encontro mexeu muito comigo.
> Me desculpe pelo comportamento hostil.
> Me arrependo totalmente. Me dá uma chance para mostrar que eu não sou esse machista tóxico e estúpido.
>
> Desculpe. Beijo, Jimmy, the Russian.

#AMY não esperava receber essa mensagem de Jimmy. Mensagem que não empolgou, mas também não a desagradou. Um texto limpo e objetivo (repetindo algumas vezes o pronome oblíquo, mas tudo bem!). Sem abreviações, sem emojis, com vírgula correta, pontuação impecável. Texto de um cara maduro, que sabe o que quer, reconhece que cometeu um erro (fato raro atualmente, ninguém se responsabiliza mais por nada!) e está buscando uma forma de repará-lo.

Só o fato de ter se dado ao luxo de ler, adjetivar e gastar tanto tempo relendo o texto e pensando sobre o pedido de desculpas fez Amy achar que ela, na verdade, gostou de Jimmy ter enviado a mensagem.

Se ele tivesse mandado flores e colocado esse texto em um cartão junto com elas, provavelmente o efeito não seria o mesmo. Amy gosta de caras sóbrios nas atitudes.

Tudo isso somado ao fato de que Amy achou o playboy, apesar de playboy, um gato, fez com que ela aceitasse o convite para que Jimmy tentasse mostrar não ser, de fato, "... esse machista tóxico e estúpido".

– E aí, dona Lud! Tá tudo pronto?

Jimmy e Amy, lindos e em tons pastéis esvoaçantes, acabam de atravessar o píer mais reservado da marina, onde estão aportadas as embarcações mais tops, inclusive a bela lancha da família do playboy, e onde os aguarda Ludmila, a simpática e prestativa marinheira, não muitos anos mais velha do que o casal. A lancha já está com âncora recolhida e impressiona: 40 pés, dois motores a diesel de 370 cavalos cada, gerador próprio, ar-condicionado e duas suítes decoradas com bom gosto e alguma ostentação nos tons de tecido impermeável e, sempre que possível, uma maçaneta ou um painel folheado a (imitação de?) ouro.

Por determinação inegociável dos administradores do clube onde fica a marina, os três estão usando máscara de proteção facial. Amy e Jimmy tiveram que apresentar resultado negativo de Covid com ao menos 72 horas de antecedência. Por trabalhar ali, Ludmila faz testes regulares a cada três dias.

– Tudo preparado, seu Jimmy.

– Essa é a Amy.

– Como vai, Amy?

Ludmila acena para Amy como se a conhecesse, mas sem ser indiscreta ou ter qualquer julgamento em seu olhar. Amy gosta do olhar amistoso que fica no final da pergunta da marinheira.

– Tudo bem, dona Ludmila?

Em vez de responder à pergunta de Amy, Ludmila sorri para ela e foca sua atenção em Jimmy...

– Vocês irão mergulhar?

Jimmy consulta Amy com o olhar; ela mostra desinteresse dando os ombros. Assim que entram na lancha, o protótipo de casal tira as máscaras. Jimmy coloca sua mochila em um dos bancos. Mesmo ela tendo custado uma fortuna, enquanto confere os três champanhes que já estão no gelo junto aos copos que parecem ser de cristal, Amy acomoda sua bela "sacola 'gourmet' de praia" no chão; com desdém típico de quem, apesar dos pesares, não dá a menor atenção ao preço das coisas.

Ludmila continua mostrando o porquê é a profissional escolhida pela família de Jimmy...

– De qualquer forma está tudo preparado, a validade dos cilindros conferida...

– Essa é a dona Lud!

Ludmila abre e fecha um freezer para mostrar algumas bandejas impecavelmente preparadas e protegidas com plástico translúcido, enquanto diz...

– O senhor não confirmou se sua convidada é vegana, pedi que preparassem os dois cardápios.

Amy gosta do que acaba de ouvir...

– Obrigada.

Só quando Ludmila sai da lancha e Jimmy se posiciona no comando da embarcação, com gestos decididos de quem sabe muito bem o que está fazendo, é que Amy entende que será ele quem irá pilotar.

– Valeu, dona Lud!

Jimmy liga a lancha. Ludmila desamarra a lancha.

– Fiquem atentos, tem uma tempestade tropical prevista para o final da tarde. Os ventos da Amazônia estão cada vez mais caprichosos.

– "Xacomigo", Ludiiii...

Jimmy põe a lancha em movimento e se afasta, rasgando a água sob um estonteante céu de cena romântica de filme da Julia Roberts.

– ... Uhuuuu!!!!

Depois de algumas horas, apesar dos caprichosos ventos amazônicos, que, graças ao aquecimento global, insistem em chegar ao sudoeste em velocidade nunca vista antes, o sol continua brilhando a favor, o céu se mantém cinematográfico e tudo parece ir bem entre Amy e Jimmy. O papo e o humor do cara agradam; pouco se vê de um playboy. Jimmy está sendo gentil, bem-humorado, inteligente, escuta Amy com atenção, não a interrompe quando ela está falando e nem faz expressão de desagrado, mesmo que não tenha o menor interesse pelo assunto.

Quando Jimmy fala sobre si, Amy não consegue deixar de ver um pavão poderoso que sabe que está agradando. Mas isso para ela não é novidade e nem um problema. A maioria dos caras que passaram pela vida de Amy até agora foram forjados no mesmo molde capitalista/imperialista.

Pelo meio da tarde, a lancha está ancorada a uns quinze quilômetros, entre algumas ilhotas. Os ventos fazem a lancha balançar um pouco mesmo ancorada; mas nada preocupante. Há duas garrafas de champanhe vazias no convés. Amy abre mais uma. Ela ainda está com o maiô molhado pelo último mergulho, tomando sol na popa. Jimmy volta da água pelas escadas da plataforma da popa, dá um selinho nos lábios de Amy e vai se enxugar.

– A água tá maravilhosa. Quer uma toalha?

– Obrigada. Daqui a pouco eu vou entrar de novo.

Jimmy percebe que há uma leve camada de frieza na voz Amy, inédita até aquele momento. Mesmo com a negativa, ele pega uma toalha seca e envolve Amy com ela.

– Tá tudo bem?

Em vez de responder, Amy sacode os ombros para que a toalha caia, bebe em um gole só o champanhe do copo, se levanta e vai se servir de mais uma dose.

Jimmy sorri para que a advertência que fará não soe controladora demais.

– O vento tá fazendo o champanhe evaporar rápido, hein?

Amy não diz nada; só dá mais um gole. Jimmy confere a playlist de seu celular.

– O que você quer escutar?

– Putz! Pode ser "nada"?

Jimmy ignora o pedido de Amy.

– Tem uma playlist só de remix da Rita Lee.

Enquanto começa a tocar a introdução de uma balada remix qualquer, Amy insiste em um tom acima do que vinha falando...

– Cara, eu não tô aguentando ouvir música.

A frase de Amy é mais um desabafo. Em um tom um tanto quanto caprichoso, mas um desabafo. Jimmy, talvez para se defender da aparente mudança no comportamento de Amy, reage com ironia...

– Tá. Caprichoooosa!

A ironia de Jimmy irrita Amy...

– Não é isso, Jimmy.

Jimmy sorri, tentando reparar o erro que ele nem tem certeza se cometeu. O cara ainda tá querendo ter uma tarde tranquila de amor.

– Calma, "mi" amor... caprichosa para mim não é necessariamente pejorativo.

– Não me chama de "mi" amor.

– Tô brincando...

Jimmy vai se aproximando de Amy, sem exagerar no assédio, mas querendo legendar seus planos.

– ... só quero que a gente se entenda.

É empurrando Jimmy, sem muita força mas com alguma energia, que Amy tenciona ainda mais a caprichosa linha tênue do desentendimento.

– Eu não devia ter vindo.

Jimmy não gosta do que acaba de ouvir e, contrariado, investe com mais vigor, querendo abraçar Amy. Mas tudo, ao menos para ele, ainda dentro do controle de qualidade de abraços educados, mas sedutores: decisivo sem ser invasivo, testando onde está o limite e até onde pode ir.

– Mas veio, gata.

Para os critérios de Amy, tem no gesto do playboy (agora Amy só está conseguindo ver Jimmy como um playboy) excesso. É por isso que ela empurra Jimmy mais uma vez, enquanto tenta dar as cartas da próxima rodada...

– Vamos embora?

Jimmy insiste...

– Deixa eu me retratar.

Por causa do balanço do mar, Amy se encosta na grade de proteção folheada a ouro que acompanha as laterais da lancha.

– Não tô a fim, cara.

Jimmy deixa o copo biodegradável de champanhe no chão e apoia as duas mãos na grade, confinando Amy no espaço entre seus braços sarados esticados.

– Só tá piorando, Jimmy.

– Eu te devo essa.

A arrogância que ela percebe no tom de Jimmy embrulha o estômago de Amy.

– Que papo é esse de "te devo essa"?

– Eu te amo, Amy.

Jimmy tenta beijar Amy.

– Se liga, cara!

... é o que diz Amy, empurrando Jimmy com força em direção à plataforma da popa, por onde ele voltou da água. Embora Jimmy seja mais forte fisicamente do que ela, o cara é pego de surpresa, perde o equilíbrio e cai no mar.

Voltando à tona do mergulho forçado, Jimmy sorri com todos os belíssimos e muito brancos dentes cobertos por um seguro milionário. Ele foi levado pela correnteza alguns metros distante da lancha.

– Wow! Que forma de dizer que me ama! Mas eu mereci. Chega aí. A água tá uma delícia.

Só quando ouve o barulho do motor é que Jimmy percebe que Amy ligou a lancha e está recolhendo a âncora.

– O que você tá fazendo, gata?

– Eu disse que não tô a fim.

Amy põe a lancha em movimento, um pouco atrapalhada e fazendo-a quicar sobre a água. Jimmy acha graça.

– Você não sabe navegar.

Demora apenas alguns segundos para Amy se lembrar das aulas de seu pai na última lancha de sua família; uma embarcação bem mais possante do que a de Jimmy, diga-se de passagem.

– Não sei?

Amy acelera e sai com a lancha, destemida, rasgando o mar.

– Volta aqui, Amyyyy...

Amy não volta. E Jimmy sai nadando tranquilamente os 15 quilômetros que o afasta da costa. À noite, quando os dois chegam ao restaurante privado da marina para jantar, o clima entre eles parece amistoso. Jimmy está bem-humorado. Amy, silenciosa, mas sem parecer tensa. O restaurante está praticamente vazio.

– Boa noite, seu Jimmy...

O garçom grisalho que se aproxima da mesa com a carta de vinhos usa máscara, face shield e, apesar do calor, luvas.

– ... o de sempre? Safra top!

Jimmy pensa em algo.

– Acho que já bebemos muito hoje, obrigado.

Amy não concorda, olha para o garçom e diz...

– Eu quero um metropolitan, por favor.

Jimmy faz discreto sinal negativo para o garçom, que se afasta, e sorri para Amy...

– Então, zero a zero?

Parece que Amy não pretende passar por cima do desagrado com o gesto de Jimmy para que o garçom ignorasse seu pedido de bebida...

– Vem cá: você acha que vai controlar o quanto eu bebo, é isso?

– Nós bebemos demais hoje.

O tom de Jimmy é mais cuidadoso do que impositivo. Amy não entende assim...

– Fale por você.

– Ihhh... primeiro se desarma. Se desarmou? Pronto! Agora começa de novo.

Amy percebe que está exagerando e tenta ser simpática.

– Desculpa, cara.

– Qual parte mesmo?

Não dá para Amy ficar indiferente ao sorriso que Jimmy lança junto com essa pergunta.

– Tô confusa, Jimmy...

Depois de pensar um pouco, Amy também sorri.

– ... eu exagerei te jogando no mar.

A satisfação pelos ventos estarem empurrando a conversa para onde lhe interessa faz Jimmy se exibir.

– Nadar 15 km? Pra mim é fichinha.

O sorriso de Amy deixa Jimmy mais encantado. Ele nunca a tinha visto tão desarmada e aparentemente tão feliz.

– Se é pra sorrir desse jeito, pode me jogar no mar quantas vocês você quiser.

Depois de afagar o rosto de Amy, Jimmy continua...

– Deixa eu cuidar de você.

– Você consegue fazer isso sem tentar mandar em mim?

O garçom se aproxima, desta vez, com o cardápio.

– E o meu metropolitan?

O garçom consulta Jimmy com o olhar. Amy confere atenta se Jimmy irá reagir. O cara se contém. E Amy orienta...

– Pouco gelo, por favor.

– Pois não, senhora.

Enquanto o garçom se afasta, Jimmy pede...

– Pode trazer o "safra top" também, por favor.

O garçom se volta, faz sinal de positivo e segue em direção ao bar. Amy quer confirmar se Jimmy entendeu que ela tem suas próprias regras. Para isso, transforma o desagrado em metáfora...

– Cada um controla sua bebida, Jimmy?

– Cada um controla sua bebida, Amy...

Há uma película sutil de desagrado no tom de Jimmy, mas ele se controla.

– ... vamos pedir, que eu tô faminto igual a um náufrago.

Amy beija Jimmy. Eles consultam o cardápio, aparando mais algumas arestas que os separava de serem um casal. O perfeito par imperfeito.

▥

#QUANDO Amy toca a barra antipânico, a porta de aço, onde está escrito **Acesso proibido**, não apresenta a menor resistência. Assim que a porta se fecha atrás dela, Amy sente um arrepio. E medo. E curiosidade.

O que, para Amy, parece ser um corredor, está totalmente escuro. A mínima luz da balada que vaza pelo vão da porta, rente ao chão, é insuficiente para que Amy veja alguma coisa; a não ser que tem um brilho opaco se espalhando sobre sua pele.

À medida que Amy caminha rumo a sabe-se lá onde (ou a quê?), o som da balada vai ficando cada vez mais baixo e abafado. O primeiro impulso de Amy é olhar para a frente. Procurando alguma luz no fim do túnel? Seres flutuantes de bata branca? Música new age? Afinal, até onde sabe, Amy não está mais viva. Mas, como ela também não está morta...

Breu total. Nenhuma luz no fim do túnel. Enquanto se expande, o brilho sobre a pele de Amy causa uma sensação que lembra um arrepio, uma suave descarga de eletricidade.

Não dá para chamar o lugar onde Amy se encontra de túnel. Não há paredes, nem teto. Mesmo o chão, onde Amy tem a sensação de estar pisando, ela não consegue ter certeza se de fato existe.

Outra dimensão?

Em pouco tempo, o som da música some totalmente e o escuro para de incomodá-la. Na verdade, deixa de ser um breu total. É a influência de uma luz sutil, que Amy começa a ver um pouco à frente.

O que Amy entendeu como "luz" não são spots ou refletores ou globos espelhados. Trata-se de imagens projetadas. Não há paredes. As imagens estão projetadas no ar, como efeitos especiais em filmes futuristas de ação de alto orçamento.

Para saber quais são essas imagens, Amy tem que caminhar mais do que ela tinha imaginado; sabe-se lá em direção a quê...

11

#QUEM estiver espiando, pelas janelas de algum outro prédio, a cena no apartamento de Lisa, provavelmente, vai pensar que aquela dupla (Lisa e Jon) sentada na sala, jogada no sofá, forma mais um atrevido e empoderado (e lindo!) casal millennial.

Ledo engano! A verdade é que Jon estava vendo um seriado e Lisa achou que, ao sentar-se ao lado dele, quem sabe, poderia reconectar-se ao cara que anda cada vez mais desconectado e distante.

É claro que as trocas de mensagens de Jon e Hannah, calientes e delatoras, já chegaram até a "escuta sensível" de Lisa; mas ela ainda não interagiu em relação a elas. Teme que, se trouxer esse assunto, Jon irá embora.

E Jon, por sua vez, ainda não se organizou o suficiente para sair da órbita de Lisa com mochila, bike e pote de ração. Isso, para ele, é questão de tempo.

Mesmo não querendo se mudar da casa de Lisa para a casa de Hannah (as coisas entre Jon e Hannah vão muito bem, obrigado!), ele não pretende continuar vagando na mesma órbita de Lisa.

Mas essa decisão não é tão simples quanto possa parecer. O cara tem o Xicão e não está podendo assumir um aluguel superior ao valor de uma quitinete, onde o labrador não poderia sequer balançar o rabo.

Mesmo assim, quando Lisa chegou à sala, querendo se achegar ainda mais, Jon se deslocou para o canto oposto do sofá (onde ele tem dormido, aliás) e imprimiu no rosto a expressão de pouquíssimos amigos, que fez Lisa ficar colada no outro extremo, onde ela tinha aterrissado.

– "Esta" ou "esta"?

Quem quer a resposta é Mig, que aparece na sala com uma bela calça de alfaiataria de tecido e cor indefiníveis, mas que espalha um brilho que impõe respeito. O que ele quer saber é qual das duas camisas que está segurando mais combina com a calça: a preta ou a roxa.

– A preta.

– A roxa.

Hoje é dia de festa de aniversário de Mig. Jon prometeu que irá, pelo menos, dar uma passada. Lisa espera que Jon vá com ela. Pode até ser que isso aconteça. Mas, para ele, não significará mais do que uma simples carona.

Para não mostrar que concorda mais com Jon, que sugeriu a camisa roxa, e nem criar mais um atrito entre os dois, Mig agradece sem dizer qual opinião endossa...

– Muuuuitos obrigaaados!

... e some no corredor em direção ao seu quarto. Xicão, que estava na sala aos pés do Jon, vai com ele. Xicão e Mig estão cada vez mais amigos.

Assim que Mig some no corredor, o novo celular de Jon, em cima da mesa de centro, acusa a chegada de uma mensagem. Ele confere, faz expressão de que reconhece e estranha o contato que deixou a mensagem e se levanta para ouvi-la fora da sala.

– Não precisa sair da sala para atender.

Lisa não sabe muito bem onde conseguiu coragem para dizer essa frase, que pode soar controladora, mas que, nesse caso, é mais uma tentativa de gentileza.

Jon não se ofende. Ele está surpreso demais para isso...

– Mandei mensagem pra mim mesmo.

O que Jon quis dizer é que a mensagem que ele acaba de receber acusa como remetente o seu próprio contato.

– Então não ouve, Jon. Pode ser clonagem.

Jon sabe que Lisa conhece o suficiente as linguagens tecnológicas para ter razão. Mas é tarde demais: ele já apertou o play...

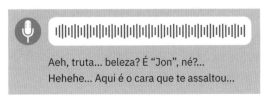
Aeh, truta... beleza? É "Jon", né?...
Hehehe... Aqui é o cara que te assaltou...

Lisa se assusta mais que Jon...

– "Te assaltou"? Deleta isso, Jon.

Jon faz sinal para que Lisa fique quieta e aumenta o som do celular. Ele está curioso demais para ter medo. E a voz do cara continua saindo de dentro do celular...

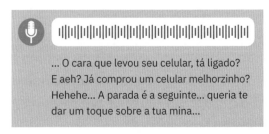
... O cara que levou seu celular, tá ligado?
E aeh? Já comprou um celular melhorzinho?
Hehehe... A parada é a seguinte... queria te dar um toque sobre a tua mina...

Com o que ouviu até agora, Lisa já fez conexões e sinapses suficientes para saber que está em perigo.

– Desliga, Jon.

Pela aflição que vê em Lisa, Jon sabe que não deve desligar. Pelo contrário. Ele aumenta o volume para ouvir melhor...

... Eu te achei o maior gente boa.
Truta, nóis aqui intendi de bandidage, mas tua mina... supera nóis, véio...
Que aplicativo é esse que ela usa pra te stalkear?
Truta! Nóis nem acreditou, tá ligado?
Eu hackeei ela pelo aplicativo... Hehehe...
A maluca sabe todas as parada de dentro de você, mano...

– Por favor, Jon, desliga.

... Ela sabe aonde tu vai... a hora que tu deita... o que acontece com o seu coração enquanto tu dorme... os número do teu sangue... Tá ligado nesse papo de testo... testos... como é mesmo? Testosterona...?
Até quanto tem de testosterona no seu corpo, a mina sabe... O aplicativo dela é da hora!... Os gráfico parece de filme, tá ligado?
Filme tenebroso... se não for "milica", essa mina ia se dar bem na bandidage... Hehehe...
Fica esperto, mano.

A mensagem acabou. Jon está atônito. Lisa, acuada; mas tenta relativizar...

– Você foi assaltado...

Jon começar a transpirar.

– ... Jon...

É com algum esforço que ele consegue dizer...

– O que você quer de mim, Lisa?

Lisa finge não entender a armadilha em que caiu.

– O cara é um bandido, Jon.

Era o que faltava para Jon explodir...

– E você? Você é o quê?

– Você não vai acreditar na conversa de um bandido. Você devia ter feito BO.

Enquanto fala, ele começa a chorar...

– ... o que você pretende fazer com os números do meu sangue?

As frases que Jon emite no meio do choro vão saindo indefinidas, sem reforçar o que as tornaria perguntas, valorizando mais o som que dá a elas a conotação de tristes constatações.

– ... qual é o teu projeto pra mim, hein? Vai me usar pra ganhar dinheiro? Vai vender meus dados, igual você e aquele escroto do seu chefe fazem com os dados desse bando de gente desavisada? Quem é você, Lisa? Me diz: quem é você de verdade? Porque aquela Lisa, que eu conhecia, morreu aqui.

Jon joga o celular no sofá e, por incrível que possa parecer para Lisa, ele vai para dentro do quarto e não para fora do apartamento. Por um momento, Lisa achou que Jon sairia pela porta e que ela não o veria nunca mais.

Flashes, mas não detalhes do que acaba de acontecer, chegaram até Mig, que está eufórico demais com sua produção para se abater com o clima.

Antes de sair, ele vai até o quarto de Lisa, onde Jon está tomando banho, e fala com ele da porta do banheiro.

– Tô indoooo, Jon. Te vejo mais tarde?

Já se enxugando, Jon aparece na porta e sorri para Mig, tentando camuflar ao máximo as camadas de dor, confusão e tristeza que está sentindo.

– Me vê, sim, Mig.

A maneira afetiva como Jon diz essa frase deixa Mig emocionado...

– Vivaaaaa!!!! Muitos obrigados!

– Você merece. Obrigado você, por tentar deixar o mundo melhor.

Mig vai saindo...

– Posso ir de bermuda?

– Pode ir como você quiser, *babe*. Só não vá nu, pra não roubar a minha festa! Hahahaha!

E Mig sai radiante com as manifestações de carinho de Jon. Ele está feliz demais para perceber o quanto Jon, de fato, estava triste.

– Nos vemos lá!

Lisa, tomada por uma euforia cega, quase não acreditou quando o cara aceitou ir de carona no carro que ela chamou pelo aplicativo.

Caso tivessem prestado mais atenção nos detalhes, Lisa e Mig teriam percebido que havia em Jon uma configuração bem mais frágil e triste do que eles jamais pensaram que pudesse haver.

Xicão foi o único que percebeu que havia algo errado; muito errado.

– Se liga, Xicão!

A bronca é porque Xicão cravou os dentes em uma das meias de Jon, tentando impedir que ele saísse.

– Me solta, cara...

A maneira ríspida como Jon reforça sua bronca faz Xicão chorar. Não é muito fácil, mas Jon consegue se soltar das presas de Xicão com um impulso.

– ... vai deitar!

Ver Xicão se afastar chorando e com o rabo entre as pernas faz Jon se arrepender da rispidez e ir até o canto da lavanderia, onde o cachorro se deitou. É afagando os pelos do peito do labrador que ele diz...

– Desculpa, meu amor. Mas eu tenho que ir. Se cuida.

A frase que ele acaba de dizer soa estranha para o próprio Jon. "Tem que ir" por quê? "O que" o está obrigando? A voz de Lisa, que já está no hall externo, tira Jon de suas divagações.

– O elevador chegou!

Jon olha entristecido o olhar triste de Xicão, enche o pote de ração, renova sua água e sai fechando a porta, com os ecos dos uivos de protesto suspensos no ar.

O cara que chega com Lisa à porta da balada já não tem mais nada do Jon que se conhecia até então. São fragmentos desconectados de alguém que viu, em questão de semanas, desmoronar tudo o que havia ao seu redor.

A fila de mascarados na porta da balada é grande.

– Quer desistir, Jon?

Jon não responde. Talvez ele nem se lembre mais de que esse seja seu apelido. A fumaça do cigarro de alguém na fila o faz tossir.

Junto com a fumaça, chegam até ele gargalhadas embriagadas e palavrões entrecortados por frases machistas que um cara diz para a mulher que o acompanha. O casal está à frente de Jon e de Lisa e toma cervejas.

O cara usa sapatos de bicos finíssimos, calça jeans apertada, de cintura alta, e camisa branca com as mangas compridas dobradas. A mulher que o acompanha tem os cabelos pintados de fogo e o corpo comprimido em uma calça jeans e camisa de seda vermelha alguns números abaixo do que seria confortável para aquele corpo. O salto alto dos sapatos dourados parece bem desconfortável. A combinatória álcool/nicotina/grosserias/palavrões parece agradar ao casal embriagado e sem máscara.

– Muita fumaça.

Mesmo a frase de Jon tendo sido dita com pouco volume, o cara a escuta.

– Tá falando comigo...

Ao ouvir a voz grosseira, Jon desperta. Sem dizer nada, ele pega na mão de Lisa e se afasta.

– ... espera, eu te conheço, cara. Não tá lembrando de mim, não?

Jon também tinha reconhecido o cara e é mais por isso que ele quer se afastar. É o mesmo que o fechou no trânsito alguns dias antes.

As pessoas em volta já se ligaram na eletricidade perigosa daquele encontro.

– Acho que você tá me confundindo, cara.

O cara chega mais perto de Jon. Mesmo com máscara, ele consegue sentir o hálito horrível do cara. Puro álcool e nicotina.

– Você acabou com o meu para-choque. Eu nunca confundiria essa sua cara de...

O cara interrompe a frase porque a mulher que o acompanha já o puxou pelo braço. Pelo visto, ela sabe com quem anda.

– Deixa o menino, "bem".

Jon continua quieto, mas não demonstra temor. Lisa não sabe o que fazer. Um dos seguranças da balada se aproxima. O cara quer confusão...

– Você vai pagar a conta agora.

O segurança contém o cara, mais com energia do que com força, e o afasta antes que ele consiga agredir Jon.

– Amigo, é melhor você dar o fora.

O cara é forte. Com um impulso ele se solta dos braços do segurança, mas perde o equilíbrio e cai sentado na calçada. Algumas risadas o envergonham. A mulher que o acompanha o ajuda a se levantar.

– Vamos embora, bem. Vem.

– Embora?

Apesar do protesto, o cara se afasta escorado na mulher. Jon agradece ao segurança...

– Valeu, brother!

... que adverte...

– Esse cara é encrenca. Se encontrar ele lá dentro, faz que não viu.

– Tô ligado!

Lisa quer saber...

– Você conhece ele, Jon?

Jon não responde. A fila anda um pouco, mas não o suficiente para que Jon e Lisa entrem. Pouco tempo depois, uma 4×4 prata, de cabine dupla, surge na rua cantando pneus e para em frente à balada.

– Folgado...

Só quando reconhece a voz é que Jon se liga que o xingamento é com ele.

– O que é que você quer comigo, cara?

Quando se volta para a direção de onde veio o grito, para responder com essa pergunta, Jon vê o braço do cara embriagado para fora do carro, apontando uma arma para ele. O cara atira bem. A bala vai direto ao coração.

– Eu disse que ia acabar com você.

É a última frase que Jon escuta antes de cair morto.

II

#A PRIMEIRA imagem com a qual Amy se depara é uma tela de computador; ou melhor, a imagem do que estaria numa tela de cristal líquido de computador de muitas polegadas, só que suspensa no ar, sem suporte físico visível. É a página de abertura de um blog, com dois ícones para o internauta escolher a opção de navegar: as bandeiras estadunidense e chinesa.

É o blog do Youhan. Amy tenta colocar a mão sobre o ícone em inglês, mas não consegue acessar nada. A imagem não permite interação.

Um pouco mais à frente… na verdade, bem mais à frente do que Amy gostaria… uma outra imagem suspensa no ar: um vídeo com um desfile de moda. No saguão do Museu do Louvre, em Paris, foi montada uma passarela e a legenda avisa que aquele é o desfile da coleção de verão de mais um estilista badalado com nome mais exótico do que as próprias roupas.

A primeira modelo a aparecer Amy reconhece como sendo uma ex-namorada de um de seus atores norte-americanos preferidos. A segunda, ou melhor, o segundo, é o ator propriamente dito, desfilando sem o menor jeito para a coisa, e arrancando gritos e sussurros de parte da plateia que lota as arquibancadas montadas no saguão do museu.

Depois do ator, ela entra: Sumbe Menongue. Linda, elegante, cheia de energia, se deixando sugar por todos os flashes e se apropriando da passarela como se fosse a dona do pedaço.

Um pouco adiante, estão suspensas no ar duas páginas de uma revista brasileira de comportamento. No título, "Minhas mães e eu"; na foto, Jon, um pouco mais novo do que quando Amy se conectou a ele, abraçado a duas mulheres jovens e lindas. O trio está na sala ampla de um sobrado de classe média; simples, mas confortável e com um jardim ao fundo.

Amy começa a ler o texto que conta um pouco a experiência do atleta urbano Jon, praticante de parkour, e que foi criado por duas mulheres. No texto, Jon fala que "atualmente", para ele, a vida é fácil, mas que, quando ele era pré-adolescente, sofreu muita discriminação e preconceito...

– *Especialmente na escola. Os caras do bullying generalizavam, falando que eu também era gay! Pura ignorância. Ignorância, sim... agora, "pura!", já não sei!*

A reportagem continua dizendo que Jon e seus amigos abriram uma ONG, para ensinar os garotos e garotas das periferias a praticar o parkour:

– *Um esporte para quem não tem grana, e que incorpora em sua prática qualquer realidade, seja uma escadaria, uma calçada de uma rua chique ou os becos e vielas sem saída de uma favela...*

Um pouco mais à frente, suspensa no ar, está passando a imagem de um filme. Parece um filme caseiro e feito em câmeras antigas, de super-8, e não gravado com definição digital. Nele, Hana Hassan Tahir Thabit e Hana Hassan Abdul-Salam, os gêmeos, estão com mais dois garotos árabes, próximos aos muros de uma fortaleza, praticamente incrustados num braço de mar estonteantemente azul.

A câmera se atém aos garotos, mas faz alguns *travellings*, para mostrar a enorme construção pontiaguda dentro dos muros. Um dos gêmeos, que Amy não consegue identificar qual é, narra parte da cena...

— *Essa é a primeira vez que nossos amigos da faculdade, lá em Gizé, vêm passar as férias na casa dos nossos pais, em Alexandria...*

Os garotos aplaudem e fazem careta para a câmera. Um deles mostra a língua e faz o típico sinal de positivo dos roqueiros. Outro comemora...

— *Viva o Mediterrâneo... e as mediterrâneas!*

O gêmeo continua a narrar...

— *Depois de muita insistência, conseguimos tirar os caras da praia pra conhecer o farol de Alexandria, uma das Sete Maravilhas do Mundo Antigo, que aquele maluco do Ptolomeu mandou construir...*

O filme e a farra dos garotos árabes continua. Mas o que Amy vê um pouco à frente a interessa mais. É uma sequência de fotos de Mina, fotos relativamente antigas, com ela colocando brincos em telefones públicos em grandes cidades do mundo: Cidade do México, Rio de Janeiro, Miami, Mumbai, Tóquio, Amsterdam... Na última foto, Mina está em Londres, subindo em uma escada ao lado de uma das tradicionais cabines telefônicas vermelhas da cidade e colocando uma peruca gigante sobre ela, sob os olhares pouco amistosos de guardas ingleses.

– Isso foi só o começo!

Quem faz esse comentário é a própria Mina, parada ao lado de Amy e olhando para as mesmas fotos.

– Você voltou?

O tempo que Amy precisa para fazer essa mínima pergunta é o mesmo que leva para a imagem de Mina sumir. Para se livrar da estranheza que o… encontro (?) (está cada vez mais difícil encontrar palavras que deem conta de nominar as novas situações!) com Mina lhe causou, Amy segue adiante.

Dando mais alguns passos, Amy encontra mais fotos suspensas e flutuantes, do que parece ser um álbum. Em todas as fotos, aparece um garotão de pele, cabelos e olhos muito claros, dentes branquíssimos, um sorriso tentador e sempre abraçado a uma garota linda, morena, de olhos grandes e cabelos compridos. O garoto israelense que Amy encontrou na balada.

Tem fotos do casal em uma praia enorme, de areia fina, com águas calmas e cor de esmeralda. Fotos em uma cidadela antiga de pedras. Fotos em um pátio externo cheio de palmeiras, uma delas feita sob uma placa onde se lê, em inglês, **Tel Aviv University**. Fotos na entrada de um casarão que parece ser um museu, também sob uma placa: **Ben-Gurion House**. Mais fotos do casal na praia; agora, em um *lounge*, em uma balada, junto a outros jovens.

As palavras do garoto israelense, quando Amy esbarrou com ele na balada, voltam a orbitar em torno dela…

A gente só circula... e volta para onde saiu... em espiral... sempre passando de novo por onde já estivemos, só que um pouco mais para o alto... ou mais profundamente... cada um na sua espiral.

Palavras que, na hora em que ouviu, causaram tanta estranheza para Amy e que, agora, depois de todas as voltas (ou espirais?) que ela deu, passam a fazer mais sentido e a interessá-la muito mais.

Um pouco à frente, Amy encontra suspensas fotos de um álbum de casamento. Elas foram feitas em um salão de festas cheio de lustres pendurados, com orquestra de muitas figuras e lotado de pessoas elegantes de alguma altíssima sociedade. Os noivos são jovens, lindos e, obviamente, estão se divertindo muito na festa. Na maioria das fotos, Ivan está dentro de um terno azul-marinho impecável. Amy vê mais fotos. Em todas, Ivan está acompanhado de uma loira capaz de derrubar qualquer ditadura: comunista, árabe, militar, pentecostal...

Não é preciso um raciocínio muito elaborado para entender que Ivan e a loira são padrinhos do casamento; e que um deles é grande amigo ou irmão do noivo ou da noiva. Na maioria das fotos, Ivan está abraçado com a loira linda.

Indo um pouco mais adiante, Amy encontra suspensas no ar as fotos de um grupo de garotos abraçados, com trajes de corrida e fazendo caras e caretas para a câmera em frente ao Palácio Taj Mahal, na Índia. John aparece em todas as fotos. Em uma delas, dá para ler numa faixa bilíngue, em hindi e em inglês, que aqueles rapazes participariam de uma maratona de 26 milhas, na cidade de Agra.

Não muito longe dali, Amy se depara com posts de reportagens sobre si mesma publicadas em sites de celebridades. Reportagens com manchetes como...

FILHA DO POLÍTICO INDALÉCIO HOUSTON ACEITA DEPOR NO DIA 11/2

DEPOIMENTO DE AMY HOUSTON CONFIRMA AS DELAÇÕES PREMIADAS DE ALGUNS POLÍTICOS CONTRA SEU PAI

POLÍCIA DECRETA PRISÃO DO EMPRESÁRIO INDALÉCIO HOUSTON, APÓS CONFIRMAÇÕES DE SUA FILHA SOBRE DESVIOS DE VERBA E LAVAGEM DE DINHEIRO

AMY HOUSTON APRESENTA PROVAS CONTRA SEU PAI!

O MUNDO ODEIA AMY

AS REDES SOCIAIS NÃO PERDOAM MILIONÁRIA QUE DENUNCIOU O PAI

Todos os posts ultrapassam alguns milhões de visualizações. Abaixo de cada post, enxurradas de likes, hates e comentários polêmicos.

Além dos posts tratando da prisão do pai de Amy, ela vê também sequências de fotos publicadas nos mesmos sites, vasculhando ou tentando vasculhar a vida íntima da garota. Uma sequência, em especial, chama a atenção de Amy. Nessas fotos, ela está em uma balada com uma menina e dois caras. Não parece ser a balada onde Amy esteve até agora. Há fotos de Amy e de um dos rapazes em frente a alguns *paparazzi*. Amy está acuada e o rapaz parece brigar com os fotógrafos.

Pela maneira como vasculha os detalhes das imagens, com o olhar bastante confuso, Amy não parece ter a menor ideia de quem são aquelas pessoas com ela nas fotos.

– Créssida, Jean e Jimmy...

Mesmo que a figura que acaba de aparecer ao seu lado seja masculina, a voz um tanto aguda metálica confunde Amy. Ela demora a identificar o garoto nerd, com a cabeça afundada no moletom de capuz preto cheio de estrelas prateadas, com quem já interagiu na balada.

– ... trata-se da melhor amiga de Amy e do namorado dessa amiga, Jean. O outro cara, mais parrudo, é o Jimmy, que não teve tempo de ser o namorado de Amy, como gostaria.

Amy faz expressão de confusa. E, tentando se proteger de uma conversa que não está interessada em ter, ela diz um mísero...

– Tá.

... e sai andando, em direção... ao futuro? Ao além mais profundo? Será que ela está mesmo andando?

– Aonde você pensa que vai, Amy?

Ela não gostou da pergunta nem tampouco de estar sendo seguida pelo garoto nerd.

– Me deixa quieta.

Amy ainda tenta fugir, ou melhor, se afastar. O garoto passa a guardar uma pequena distância.

– Quieta?

A ironia do garoto nerd tem razão. Não tem nada de quieto em Amy. Ela é pura inquietação. Ainda assim, ele atende ao pedido.

– Ok. Deixo.

Quando Amy olha para trás, o cara já não está mais ali. Com o sumiço do nerd, é como se tivessem tirado o resto do chão debaixo dos pés de Amy. Não que, com ele ali, ela estivesse se sentindo segura ou algo parecido, mas, pelo menos, ela se sentia… conectada?

É tomada por uma profunda solidão que Amy continua indo em direção ao trágico acesso aos dados que a esperam.

#UMA nova sequência de imagens rodeia Amy. Não dá para saber se ela foi até as imagens ou se as imagens chegaram até ela e formaram um labirinto imaterial, suspenso no ar.

Algumas imagens são fotos. Outras, pedaços de reportagens de jornal. Outras, ainda, têm movimento; são vídeos. Tem também muitos balões com textos e ícones de mensagens, alguns arquivos de áudio. Posts das redes sociais carregados de likes, hates, emojis e comentários... enfim, um mundo imaterial de dados.

As paredes do labirinto vão se alternando, trocando de lugar e impedindo que Amy se movimente ou consiga lê-las. A sensação que dá é que Amy entrou em uma nova fase de um jogo eletrônico e ainda não sabe, não consegue ou não pode interagir com ela. Uma fase mais dinâmica, decisiva, porém perigosa e irreversível.

A velocidade do movimento das imagens embaralha os olhos de Amy e uma tontura a faz dar um *looping* em torno de si mesma. Fazendo algum esforço, finalmente, Amy consegue se fixar nelas.

O primeiro conteúdo ao qual ela consegue ter acesso é sobre Hana Hassan Tahir Thabit e Hana

Hassan Abdul-Salam, os gêmeos árabes, com quem Amy mal falou.

Mais precisamente, sobre a morte dos gêmeos árabes...

IRMÃOS GÊMEOS MORREM EM MANIFESTAÇÕES NO EGITO

As manifestações no Cairo, pela deposição do ditador Hosni Mubarak, que há 30 anos é o presidente do Egito, têm uma importância histórica sem precedentes; porém, infelizmente, causaram muitas mortes.

Na noite da última terça-feira, os estudantes Hana Hassan Tahir Thabit e Hana Hassan Abdul-Salam, irmãos gêmeos de 22 anos, morreram vítimas de um ataque, aparentemente por não respeitarem o toque de recolher imposto a algumas cidades egípcias, desde que as manifestações começaram.

Os jovens formaram parte do grupo que desafiou o toque de recolher depois de receber a notícia de que o acervo do museu de antiguidades egípcias (conhecido mundialmente como Museu do Cairo) estava sendo saqueado. O grupo pretendia ajudar as autoridades a proteger o patrimônio histórico e cultural do museu, um dos mais importantes do mundo.

A caminho da Praça Tahrir, onde está o museu e palco principal das manifestações pela mudança do regime, o grupo de oito jovens, do qual faziam parte os gêmeos, foi abordado por um grupo de homens mais velhos e em número três vezes maior; e não pensava em reagir.

Aziz Abud, um dos rapazes que estava com os gêmeos e que falou com a reportagem deste jornal, reconheceu entre os homens que os abordaram alguns dos responsáveis pela chuva de pedras que o tinha ferido no dia anterior. Imediatamente, ele gritou para que os amigos corressem, pois sabia se tratar de um grupo violento.

Os homens não gostaram do reconhecimento e incitaram seu grupo a atacar os jovens.

Hana Hassan Tahir Thabit, um dos gêmeos, estava se locomovendo com dificuldade, pois, naquela mesma tarde, havia torcido o pé para escapar do camelo de um dos manifestantes pró-regime, que invadiu a praça onde o grupo fazia vigília com milhares de egípcios.

Hana Hassan Abdul-Salam ficou para trás para proteger e ajudar o irmão. Ambos foram vítimas do disparo furioso das armas dos que os abordaram.

Desde que as manifestações começaram, os estudantes Hana Hassan Tahir Thabit e Hana Hassan Abdul-Salam estavam "acampados", nas palavras de Aziz Abud, no apartamento de amigos no Cairo. Eles eram naturais da cidade de Alexandria, mas, como estudavam na Faculdade do Cairo, moravam em Gizé, que fica a 20 minutos desta e forma com ela uma conurbação.

Hana Hassan Tahir Thabit estudava farmacologia e Hana Hassan Abdul-Salam fazia o curso de agricultura.

Entre múmias, joias e estátuas, o Museu do Cairo tem mais de 120 mil peças, como o cobiçado tesouro do Faraó Tutancâmon, de valor inestimável.

Até o fechamento desta edição, oito peças já haviam sido saqueadas, entre elas, uma estátua adornada do Faraó sendo carregado por uma deusa.

A atual onda de manifestações pró-mudança dos regimes ditatoriais do Oriente Médio teve origem na Tunísia, no dia 17 de dezembro de 2010, quando Mohamed Bouazizi, comerciante de 26 anos, imolou-se para protestar contra a proibição de vender vegetais na rua, em uma banca, sem permissão.

O protesto desesperado de Mohamed deu início a uma série de manifestações, que acabaram levando à deposição do presidente tunisiano Zine Al-Abidine.

No Egito, a queda do ditador Hosni Murabak é tida como certa.

O mundo acompanha com atenção os desdobramentos desses acontecimentos, em sua maioria deflagrados por jovens e com o apoio de ferramentas de comunicação eletrônica e troca de ideias e ideais através das redes sociais. Foi através da internet, por exemplo, que os gêmeos e seus amigos ficaram sabendo dos saques que estavam ocorrendo no museu.

Segundo os amigos, os gêmeos eram "de paz" e, como a maioria dos manifestantes, só queriam viver em um mundo melhor.

Em tradução livre, Hana Hassan Tahir Thabit quer dizer "puro, limpo e firme" e Hana Hassan Abdul-Salam significa, também em tradução livre, "o servo da paz". O primeiro nome dos dois estudantes, Hana, é como se diz, em árabe, "João".

A notícia seguinte é sobre a morte de John...

MUMBAI: ENCONTRADO O CORPO DO ENGENHEIRO JOHN GADAG BANGALORE

Devido ao mau tempo na cidade de Mumbai, na Índia, só ontem foi encontrado o corpo do engenheiro de tecnologia John Gadag Bangalore, três dias depois que ele caiu no mar, enquanto praticava corrida sobre a ponte Rajiv Gandhi Sea Link, atualmente umas das maiores pontes estaiadas do mundo, com, aproximadamente, 6 quilômetros de extensão.

John Gadag Bangalore tinha 24 anos e era filho do ilustre doutor em Matemática Tana Gadag Bangalore. O jovem engenheiro havia concluído o mestrado, especializando-se em alternativas sustentáveis aplicadas com cruzamentos entre a alta tecnologia e a biologia sintética.

Atualmente, ele viajava o mundo inteiro, especialmente para as regiões mais pobres, trabalhando com alternativas baratas para prover, à população carente, acesso a tecnologias sustentáveis, como a energia solar.

As câmeras de segurança da ponte e o relato de algumas pessoas que presenciaram o acidente comprovam que John morreu enquanto tentava escapar de outro acidente, do qual não fazia parte.

Naquele dia, na hora do rush, cinco carros se chocaram, entre eles, um caminhão que transportava três tigres. John se assustou com a aproximação do caminhão e, provavelmente, para tentar evitar ser esmagado, pulou da ponte, caindo no mar. Devido ao mau tempo, o mar estava agitado demais e John não conseguiu nadar.

O corpo estava em avançado estado de decomposição, mas os funerais serão seguidos à risca, de acordo com as tradições da família do doutor Bangalore.

O motorista do caminhão conseguiu fugir do local do acidente e está desaparecido, bem como o caminhão e os três tigres.

A polícia ainda tenta apurar a origem do estranho carregamento do caminhão.

A próxima notícia é sobre a morte de Yochanan Kalmanovich...

JOVENS ISRAELENSES MORREM EM ACIDENTE DE LANCHA NO LITORAL DO NORDESTE BRASILEIRO

Os rapazes israelenses Yochanan Kalmanovich, 22, Gabriel Gwertzman, 21, e David Gaihman, 22, morreram ontem, vítimas da explosão da lancha que os transportava de Morro de São Paulo à cidade de Salvador, capital do estado da Bahia, no Nordeste do Brasil. Evair dos Santos, piloto da lancha, também morreu.

Faltavam poucos minutos para a lancha aportar em Salvador. Pelo depoimento de algumas pessoas que estavam no porto, esperando por outra embarcação, a lancha onde os rapazes estavam perdeu o controle e se chocou contra a estrutura de pedra de um píer desativado do porto.

A polícia ainda está investigando o que pode ter acontecido. O tempo estava propício para a navegação e o piloto da lancha era um dos mais experientes da empresa de locação de barcos.

Segundo uma funcionária da empresa, que não quis se identificar, os rapazes chegaram ao escritório bastante nervosos e um deles, Yochanan Kalmanovich, chorava muito.

Ainda segundo a funcionária, a namorada de Yochanan, Ester Yehuda Barkat, 19, havia acabado de morrer vítima de um ataque a bomba, quando saía de uma livraria em Tel Aviv, cidade israelense litorânea e moderna, onde os rapazes também moravam.

Yochanan, Gabriel e David estavam voltando a seu país para acompanhar o enterro de Ester. Yochanan e Ester se conheceram durante os anos em que serviam o Exército. Na verdade, Ester ainda estava servindo o segundo e último ano, e Yochanan havia concluído os três anos de sua obrigação há cerca de seis meses, quando iniciou a viagem com os amigos David e Gabriel pelo litoral brasileiro.

É muito comum os jovens israelenses saírem em viagens para conhecer o mundo quando terminam o exército, antes de começarem a faculdade.

Segundo depoimentos de suas famílias, quando voltassem a Israel, David Gaihman queria estudar medicina ou botânica. Gabriel Gwertzman pensava em cursar filosofia ou jornalismo. Yochanan Kalmanovich já tinha certo de que queria ser engenheiro de software e trabalhar no Vale do Silício, na Califórnia/EUA, onde um de seus tios tem uma empresa de alta tecnologia e está revolucionando os jogos eletrônicos com a criação de aplicativos que permitem a interação sensorial dos jogadores com os jogos.

Os corpos dos três rapazes devem chegar na tarde de hoje ao Aeroporto Internacional Ben-Gurion, em Tel Aviv.

A reportagem deste jornal apurou que Ester Yehuda Barakt foi uma das oito vítimas da explosão de um homem-bomba, na última sexta-feira. Na verdade, um garoto-bomba, de 17 anos e ainda não identificado.

A próxima, sobre a morte de Sumbe Menongue...

SUMBE MENONGUE NÃO RESISTE A CIRURGIAS

A celebridade e modelo angolana Sumbe Menongue, eleita várias vezes a africana mais linda do mundo e uma das personalidades mais ativas em ações humanitárias, não resistiu às várias cirurgias necessárias após a explosão de uma mina tida como desativada, em Ambriz, litoral norte de Angola, seu país de origem.

Sumbe visitava a região como parte de uma delegação internacional que buscava áreas para construir escolas e hospitais nas regiões mais afastadas e pobres de Luanda, a próspera capital de Angola.

Mesmo com o recente crescimento econômico do país e a solução de alguns dos seus problemas estruturais, Angola ainda sofre com milhares de minas abandonadas, decorrentes dos vários conflitos vividos nos últimos anos, como a guerra civil, que terminou em 2002.

Cumbi Menongue, advogado e irmão mais velho de Sumbe, foi a única pessoa da família a falar com a imprensa sobre o terrível acidente.

Mesmo abalado e comovido, ele aproveitou a oportunidade para protestar: "Dizem que a guerra matou mais de 500 mil angolanos. E essa 'caveira de explosivos' que eles abandonaram nos campos minados, nas regiões mais pobres? Vão matar ainda quantos de nós?"

A modelo e o motorista que a transportava foram as únicas vítimas do acidente. Toda a delegação havia sido convidada para uma festa tradicional em uma das aldeias, mas Sumbe iria para a festa em separado do grupo, pois, no mesmo dia, teve um compromisso de trabalho fotográfico na capital e acabou se atrasando.

Talvez para tentar ganhar tempo, o motorista fez um caminho diferente do que havia sido traçado pelos demais e acabou passando por um dos campos minados. Mas isso ninguém nunca poderá confirmar.

Sumbe estava com 23 anos e, embora sua vida afetiva fosse bastante movimentada, tinha intenção de permanecer solteira. Seu corpo será enterrado no cemitério do Benfica, em Luanda.

... e a próxima é sobre a morte de Johannes...

RAIO MATA EMPRESÁRIO ALEMÃO

O alemão Johannes Sttutgart, 23 anos, mais conhecido como Hans, morreu carbonizado no último sábado, no Mato Grosso do Sul, região Centro-Oeste do Brasil.

O empresário foi atingido por um raio enquanto visitava a fazenda de seu amigo brasileiro, o jogador de futebol Leonardo Pereira Aguiar, radicado na Alemanha.

Hans cavalgava com um grupo pelas terras do amigo. Durante o passeio, o tempo mudou, formou-se uma tempestade e um raio caiu sobre Hans e David, nome do quarto de milha que ele montava.

Apesar de muito jovem, o alemão acumulava muitas vitórias em sua vida profissional, como consultor de negócios na área financeira para empresas interessadas em investir em startups. Hans também tinha bastante visibilidade midiática por ser comentarista em um dos mais respeitados canais de economia da internet.

A beleza do alemão chamava bastante a atenção e ele sempre era visto em companhia de algumas das estrelas audiovisuais mais cobiçadas do mundo.

Por causa de sua bela figura, Hans Sttutgart era chamado para fazer trabalhos como modelo. Nesses casos, ele doava os cachês para ONGs do Rio de Janeiro – uma de suas cidades preferidas no mundo – que trabalham com educação.

O corpo de Hans aguarda os trâmites legais para ser transportado para Berlim, cidade onde vivia e será enterrado.

Segundo pesquisas recentes do Inpe e da Nasa, o Mato Grosso do Sul é uma das regiões do mundo onde mais caem raios.

Por ser o maior país tropical, o Brasil também é o mais afetado por raios, com cerca de 70 milhões de incidências por ano. Em média, 100 pessoas morrem vítimas de acidentes com raios por ano e o prejuízo anual chega a 200 milhões de dólares.

Os raios costumam causar também sérios danos nas redes de distribuição de energia, centrais de comunicações e plantações.

... a próxima é sobre a morte de Ivan...

MILIONÁRIO RUSSO MORRE
DURANTE ESCALADA AO MONTE ELBRUS

O milionário russo Ivan Omsk Saratov morreu em consequência de um traumatismo craniano, após queda enquanto escalava o Monte Elbrus, na Rússia, em região próxima à fronteira com a Geórgia.

Segundo o guia que o acompanhava, a dupla foi

surpreendida por uma inesperada tempestade de vento, que soprou muita neve em pó e tornou a escalada sobre o gelo mais lisa, escorregadia e perigosa.

Ao ver uma raposa-do-ártico, o jovem herdeiro dos Saratov se assustou, escorregou e despencou de uma altura de cerca de 10 metros de altura, quebrando a perna, seis vértebras, e batendo a cabeça várias vezes ao longo da queda.

Mesmo o guia tendo sido rápido nos procedimentos de resgate e socorrido Ivan imediatamente, o rapaz, com 22 anos, já chegou morto ao hospital.

Ivan estava com sua família em Kislovodsk, cidade que fica a cerca de 60 quilômetros de onde aconteceu o acidente, para o casamento de um de seus primos. Depois de um desentendimento com seu pai por ter reatado um turbulento romance com a ex-garota de programa Martina Malka, o rapaz abandonou a balada da festa do casamento, pegou o jatinho da família e se isolou na região do monte, onde pretendia passar todo o final de semana.

Ivan Omsk Saratov morreu aos 22 anos e era o único herdeiro da família, que se tornou milionária com exploração mineral, possível após a queda do regime comunista.

Há controvérsias se as súbitas alterações climáticas na região do Monte Elbrus estão se dando por causa do aquecimento global.

O Monte Elbrus é um estratovulcão extinto, que fica na Cordilheira do Cáucaso, e é considerado o ponto mais alto da Europa, a 5 642 metros acima do nível do mar. Suas "neves eternas" alimentam 22 outras geleiras. Segundo a mitologia grega, que chamava o monte de Strobilus, foi lá que Prometeu ficou acorrentado.

... a próxima notícia é sobre a morte de Youhan...

PACIFISTA CHINÊS SE JOGA
DO PRÉDIO MAIS ALTO DA CHINA

Na última sexta-feira, Youhan Jinniu Xinju, estudante de 19 anos, se jogou do topo do RP78FCD-Shanghai Financial World, um dos maiores edifícios da China, com 101 andares e 492 metros de altura.

Antes de cometer suicídio, Youhan enviou um longo e-mail para a imprensa, sua família, amigos e namorada, tentando explicar o que o levou a praticar tal atrocidade contra si mesmo.

Alguns trechos do e-mail eram de difícil entendimento, o que mostra que o rapaz andava bastante perturbado. Mas a parte inteligível do texto de Youhan mostra o estudante em protesto contra a falta de liberdade de expressão da qual ele e outros membros de seu grupo vinham sendo vítimas.

Youhan era o líder cultural do grupo. O blog que criaram tentava ser um canal de comunicação entre os jovens da China e do mundo inteiro, para trocar informações sobre cultura, comportamento, namoro, esportes, política e outros assuntos de interesse geral da juventude de qualquer parte.

O grupo de Youhan começou a incomodar e o blog foi tirado do ar várias vezes. Youhan e seus amigos tentaram recolocá-lo na rede, mas sem sucesso.

Há cerca de seis meses, o grupo de estudantes tentou fazer uma manifestação pacífica na emblemática Praça da Paz Celestial. Cerca de cem garotos e garotas sentaram-no no chão com seus laptops e, com as típicas bandanas chinesas, vedaram os olhos, fecharam a boca, taparam os ouvidos e ficaram em silêncio, simulando digitar mensagens em seus celulares.

O grupo foi "convidado a se retirar", mas, antes disso, colocou fogo nos aparelhos, que começaram a explodir.

A manifestação chamou a atenção do mundo para as ideias de Youhan e, desde então, ele e os líderes de seu grupo passaram a viver em liberdade vigiada, sofrendo ameaças de retaliação se não parassem de incomodar a ordem instituída.

Segundo seus amigos, com o agravamento das ameaças, Youhan foi ficando cada vez mais paranoico e, como consta no e-mail de despedida, em suas palavras: "Antes que me matem, eu me mato".

Ninguém consegue entender como Youhan conseguiu entrar no prédio e subir até o seu topo.

O "corpo" do rapaz – se é que se pode chamar de corpo os terríveis restos mortais quase totalmente desintegrados – foi recolhido pelas autoridades, acompanhadas da equipe de um médico-legista.

Os restos mortais de Youhan foram enviados para sua família em Xian – a mesma província onde fica o mausoléu do imperador Qin Shi Huang e onde foram encontradas enterradas as mais de oito mil figuras do exército de terracota em tamanho natural –, no Vale do Wei.

… a próxima notícia é sobre Mina…

A MALDIÇÃO DE MINA COYOACÁN

Mesmo depois de sua morte, a artista plástica Mina Coyoacán não parece disposta a dar sossego ou deixar de causar polêmicas.

Mina Coyoacán era o nome artístico de Guadalupe León Guerrero, uma jovem e próspera artista mexicana, que viveu os últimos anos de sua breve vida em Nova York. Mina morreu com 23 anos.

Desde a Cidade do México, onde nasceu, até Tóquio, Rio de Janeiro, Londres, Amsterdam, Buenos Aires, para citar só algumas das grandes cidades do mundo, Mina sempre teve o dom de divertir e encantar as pessoas com suas inusitadas performances, que atraíam sempre um novo olhar para o que já estava estabelecido como arte, e conseguia também subverter a forma como a sociedade interagia com os elementos da cultura pop mundial.

Uma das intervenções mais famosas de Mina Coyoacán foi a instalação que ela fez nos telefones públicos de algumas cidades do mundo, ora colando brincos (onde esses aparelhos são conhecidos como "orelhões"), ora peruca (quando são cabines telefônicas, como no caso da cidade de Londres).

Mina tinha verdadeira adoração pela artista Frida Kahlo, também mexicana, e, além de ter tatuado em seu corpo cicatrizes que remetiam às de sua mais famosa conterrânea, imitava o seu tipo de penteado e adotou como sobrenome artístico o nome do local onde Frida nasceu e em que hoje fica o seu museu: Coyoacán.

Seja pela qualidade de sua arte, pela mórbida palidez de sua pele ou pelo estranhamento que suas tatuagens de cicatrizes costumavam causar, Mina atraiu uma enorme legião de fãs e seguidores de seu trabalho e de suas postagens nas redes sociais. Entre os seus seguidores, destaca-se o grupo performático Los Mínimos, que se formou a partir de ex-alunos da Cuaad (Centro Universitario de Arte, Arquitectura y Deseño de la Universidad de Guadalajara), onde Mina também estudou.

Mina morreu há cerca de três meses, em um hospital público na Cidade do México. Como sabia que morreria jovem (por causa de uma hepatite C que fazia questão de não controlar), a artista já tinha feito seu testamento, postado na internet e registrado em cartórios de várias partes do mundo seu último desejo: Mina queria ser cremada, como Frida Kahlo havia sido.

No entanto, o que está causando polêmica é o fato de ela querer que suas cinzas sejam doadas ao grupo Los

Mínimos, para que eles, em uma performance, as joguem nas águas da Fonte dos Coiotes, no centro de Coyoacán.

Além de a família se negar a entregar as cinzas para o grupo, tal procedimento não é autorizado pelas autoridades (jogar cinzas mortais em logradouros públicos).

O grupo Los Mínimos acaba de criar o que eles chamaram de performance/abaixo-assinado e andam pelas cidades do México, maquiados e com cicatrizes, colhendo assinaturas para poder ter direito às cinzas e a realizar o último desejo de Mina Coyoacán.

No final do que se pode chamar de seu testamento, Mina diz que, se sua vontade não for atendida, ela, do reino dos mortos, incitará a maior passeata de mortos-vivos de que já se teve notícias (*sic*), convidando os mortos maias, astecas, zapotecas, mixtecas, toltecas e os povos de todas as civilizações pré-colombianas a voltarem para recuperar tudo o que lhes foi tomado pela colonização espanhola.

Segundo palavras da própria Mina, "será a primeira performance do além", das muitas que ela pretende fazer.

No blog do grupo Los Mínimos, já há relatos e links para sites com notícias sobre o aparecimento de mortos-vivos, seguido do apodrecimento de colheitas inteiras de milho, um dos principais produtos da economia agrícola mexicana.

Coincidência ou não, a atual safra de milho caminha para ser uma das piores nos últimos anos.

... a próxima notícia é sobre a morte de Jon...

BALAS NA BALADA

O enterro do personal trainer João Pedro de Assis, ou "Jon", como ele era chamado, emocionou até os coveiros do Cemitério da Consolação, em São Paulo.

Durante toda a madrugada de sábado para domingo, mais de três mil jovens de várias tribos – skatistas, roqueiros, praticantes de parkour (o esporte preferido de Jon), pichadores, atletas, baladeiros de uma maneira geral – foram prestar a última homenagem ao rapaz morto de forma violenta.

Nem todos eram amigos de Jon, mas eram amigos de amigos ou foram acionados pelas redes sociais e resolveram se envolver no que se pode chamar de um triste protesto contra a violência urbana, da qual Jon e tantos outros jovens são vítimas nas baladas aonde vão para se divertir.

Um dos momentos mais fortes foi quando as duas mães do rapaz morto, Julia e Sandra, resolveram discotecar em homenagem ao filho.

Na noite de sua morte, Jon estava com a namorada na calçada de um dos bares da Vila Madalena, esperando por uma mesa.

Havia outros grupos na mesma situação. Entre eles um casal, já bastante alcoolizado, falando alto e fumando muito. Quando o rapaz bêbado acendeu um cigarro, Jon sugeriu a Lisa que se afastassem. O rapaz se ofendeu e, com sua namorada, chegou perto do casal novamente, dizendo que conhecia Jon de algum lugar e que iria se vingar dele por alguma razão que Lisa não entendeu.

A namorada afastou o rapaz embriagado da porta da balada. Porém, poucos minutos depois, uma caminhonete prata de cabine dupla, bem alta e de pneus enormes, parou onde estava o grupo, com uma brecada seca.

Era o rapaz embriagado, que colocou a cabeça para fora da cabine, disparou um tiro certeiro com uma pistola automática no peito de Jon e saiu cantando os pneus. A morte foi instantânea.

João Pedro de Assis tinha 24 anos. Além de ser professor particular de ginástica, o rapaz trabalhava em uma ONG que leva esporte para comunidades carentes.

Jon tinha um par de asas tatuados nas costas "em tamanho natural", como ele mesmo gostava de dizer.

Aqui (onde?) e agora (quando?) era esperado que aparecessem notícias sobre a morte de Amy. O fato de isso não acontecer não a deixa surpresa.

– Você deve estar curiosa para saber o que aconteceu com Amy…

Quem pergunta é o garoto nerd, que acaba de reaparecer.

– É, curiosa eu estou, mas…

– Mas?

– … é inevitável que agora eu saiba de tudo.

– "Saber de tudo" é um pouco pretensioso. Mas vem comigo. No caminho eu explico.

⟦11⟧

… MEU *primo vai fazer uma festa de despedida no sábado, lá na fazenda. É a nossa última chance pra tirar aquela grana de lá.*

Quando ouviu essa frase, Amy sabia que Créssida tinha razão. Com a fazenda cheia de jovens se divertindo pela noite afora, quem sabe na madrugada elas conseguiriam se camuflar na escuridão, chegar até o antigo paiol, abandonado em uma área erma das terras, e recuperar as malas cheias de dólares que estão escondidas entre móveis velhos e antigos equipamentos das lavouras que foram cultivadas lá nos últimos quatrocentos anos em que a fazenda pertenceu à família de Créssida.

Para a sorte de Amy, Jimmy teve que se ausentar de sua área de cobertura por alguns dias. Por causa de seu inglês impecável, o cara foi convocado pelo pai a ir com ele até Nova York, no jatinho da família, para fazer as vezes de tradutor de uma rodada de negócios, em que qualquer passo em falso por algum mal-entendido do idioma pode dar cadeia em inglês e sem legenda.

É por tudo isso que Amy concorda em ir com Créssida à festa.

– Melhor a gente não se encontrar no meu flat.

O temor de Amy é porque a presença frequente da amiga já fez os *paparazzi* de plantão entenderem que, quando ela aparece, quase sempre, as duas acabam saindo juntas; ainda mais com Créssida vestida para uma festa.

Não foram poucas as vezes que Amy viu um motoqueiro seguindo o carro em que elas estavam. Foi por isso que elas marcaram de se encontrar em um posto de gasolina a algumas quadras do flat. Mais precisamente no estacionamento da loja de conveniência de luxo que fica no posto.

– A fazenda é longe...

Quem diz isso é Pablo, um dos dois garotões sarados, amigos de Créssida, que irão com elas para a festa.

Jean, o talvez namorado, depois da balada A+ do começo da semana, deu mais um perdido na garota. É com Pablo que Créssida pretende se vingar de Jean. Rudi tem planos para Amy.

Créssida, Pablo e Rudi esperam por Amy tomando cervejas em volta de uma SUV do ano, superpoderosa. Os caras já estão ali pela terceira ou quarta cerveja. Créssida se mantém fiel à primeira.

– Vamos perder metade da festa.

O protesto de Pablo é porque Amy está atrasada. Rudi também quer protestar...

– Pode crer. A Amy tem que estar muito gata pra valer a pena.

É enviando mais uma mensagem para Amy que Créssida tenta ganhar tempo...

– Pode ficar tranquilo.

Rudi se empolga...

– Eu me lembro que nos acampamentos do colégio só dava a Amy.

– Cê não tem visto as fotos da Amy, não, brother? Tá mais gata ainda. A mina tá nas "mídias socialistas". Hehehe... A gente até teve que marcar o encontro aqui, pra despistar os *paparazzi*.

– Foto é foto. Eu ia gostar de sair bem na fita com a "pobre menina rica"! Hehehe!

– A "filha má". Hehehe.

As brincadeiras potencializadas pelo álcool dos dois caras deixam Créssida mais ligada...

– Pablo, Rudi... fiquem espertos! Nem brinquem com esse assunto na frente da Amy.

Chega uma mensagem de Amy para Créssida.

> Chego em um minuto

Na verdade, Amy leva três minutos para chegar. Mas chega. Um pouco sonolenta; e linda, dentro do vestido de lamê gliterizado prata, maquiagem só para reforçar os traços finos, com os cabelos ruivos ondulados escorrendo pelos ombros e o par de olhos azuis brilhando mais do que o lamê gliterizado prata das alças que sustentam o vestido.

– Wow! Valeu a pena, hein?

O comentário de Rudi é discreto, para que só Pablo ouça. Amy confere com desdém Pablo e Rudi e os cumprimenta com beijos no rosto. Beijos bem protocolares.

– Oi? Oi?...

Rudi quer saber...

– ... tá lembrada da gente?

Amy faz cara de quem não tem a menor ideia de quem os caras sejam...

– Mais ou menos.

... mas se liga no cardume de garrafas de cerveja vazias ao lado deles.

– Não é melhor chamarmos um carro pelo aplicativo?

O tom um tanto quanto *blasé* de Amy preocupa Créssida. Será que ela andou bebendo? Ou errou algum remédio? Ou as duas coisas?

– Relax, Amy! Cê tá comigo.

Enquanto se exibe, Rudi entrega uma garrafa de cerveja para Amy e vai para o carro, em direção ao banco do motorista. Créssida tenta ser discreta ao tirar a garrafa das mãos de Amy e dizer...

– Temos que estar sóbrias, lembra?

– Me deixa.

– Vai na frente com o Rudi, Amy.

Como se não fosse a responsável por seus movimentos, Amy tira a máscara, dá um gole no gargalo da cerveja e caminha sonolenta para o banco do carona. Rudi e Pablo já estão no carro.

– Como ele chama mesmo, Créssi?

Antes de ter tempo de responder, chega uma mensagem para Créssida. Mensagem que a tira da órbita, do tempo e do espaço...

Tô com saudade.

Vamos juntos pra festa?

Te encontro em casa. Te amo.

– Jean!

Amy faz cara de quem não entendeu.

– Oi?

– O Jean. Ele quer ir comigo pra festa.

– Como assim, Créssida?

Créssida tenta ser discreta ao se explicar...

– Bateu saudade... o Jean tá indo pra minha casa...

Sussurrando, ela completa...

– ... é até melhor não chegarmos juntas.

Dentro do carro, os caras começam a ficar impacientes. Rudi coloca para tocar um som techno super-hiper-remixado e que está bombando nas principais baladas do mundo. Pablo se empolga com a música, abre mais uma cerveja e começa a interagir com um aplicativo de filtros no celular.

– Vocês vão ficar enrolando? Daqui a pouco não adianta mais ir.

Créssida coloca o rosto dentro do carro para responder ao Rudi...

– Um imprevisto, gato. Vou ter que ir em outro carro.

No banco de trás, Pablo está mais interessado em interagir com o aplicativo e com a cerveja do que em reclamar da ausência de Créssida.

É um tanto confuso que Rudi quer saber...

– E você, Amy? Vai dar pra trás também?

Créssida já se afastou digitando. Sem saber muito bem o que está fazendo, como se não dominasse suas ações, Amy entra no carro e fecha a porta.

Enquanto Rudi liga o carro, chega uma mensagem para Amy...

> Amy, cd vc? Tô indo pra sua casa. Love-u.

Amy não tem tempo ou vontade de responder à mensagem de Jimmy. Rudi aumenta o volume, sai queimando o pneu sem conferir por onde vai e sem ouvir as buzinas aflitas de um caminhão de gasolina que vem a uma velocidade excessiva para a área urbana.

A SUV e o caminhão se chocam de frente. O caminhão pega fogo. Voam estilhaços dos vidros da SUV para todos os lados.

Aqui termina a história de Amy. **Aqui começa a outra história de Amy**.

#ONZE

— AMY morreu do quê?

O garoto nerd não estranha a referência à Amy feita na terceira pessoa.

– Você quer a resposta fácil? Ou a difícil?

Prestando mais atenção na voz do garoto nerd, Amy fica em dúvida se trata-se mesmo de um garoto. A voz é híbrida. Tanto pode ser de um garoto quanto de uma garota. Mas o que ela está vendo à sua frente é a imagem de um garoto.

Só que, nesse momento, nada disso importa a Amy. E, sinceramente, a relação entre o que ela vê e o que de fato as coisas são ou podem ser… faz tempo que Amy deixou de se pautar por essa, digamos, lógica.

– Eu quero a resposta.

– Assim como os garotos que estavam no carro em que você… quer dizer… no carro em que Amy pegou carona, o que eu sabia era que ela tinha tido traumatismo craniano e morrido carbonizada. A pancada com o caminhão, antes de ele explodir, foi forte.

– Amy morreu de um acidente de caminhão?

– Não. Um caminhão se chocou com o carro em que ela estava, quando ia pra uma balada.

– Tá, todos morreram carbonizados. Isso eu já entendi.

– Vai me deixar falar ou não?

– Desculpa.

– A primeira notícia que saiu foi essa: que todos que estavam no carro morreram de traumatismo craniano e queimaduras.

– Como assim, "primeira notícia"? Desculpa, não vou interromper mais.

– Durante algum tempo, foi nisso que se acreditou. E foi por isso que Amy veio parar aqui.

– "Aqui"? Tá!

– Durante um tempo, ninguém deu muita bola para Amy. Acho que a história de quem ela era assustava as pessoas. Para ser mais preciso, até você aparecer, apesar da enorme popularidade dela, Amy estava, digamos, em um tipo de limbo eletrônico imaterial.

– Até onde eu sei, qualquer limbo é imaterial.

– Talvez você tenha razão.

– Continua.

– Antes eu queria saber um detalhe: por que você escolheu a Amy?

– Acho que você me deve muito mais explicações do que eu a você.

– Pode ser. Tem razão. Depois que você a escolheu, eu fui recapitular a história de Amy e levei o maior susto…

– Ah! Então quer dizer que você também se assusta?

– Claro.

– Você não devia ter sido tão sincero.

– Por quê?

– Saber isso dá um pouco de medo.

– Medo do quê?

– Não sei direito. Acho que mostra… fragilidade?

– Fragilidade.

– Pensei que você soubesse o que está fazendo.

– Digamos que eu tenha uma ideia bastante consistente do que estou fazendo. Mas não se iluda de que eu possa ter controle absoluto. Ou que eu não cometa erros.

– Onde foi que você errou?

– Tem certeza que você quer saber mesmo?

– Não começa a enrolar.

– Sinceramente, não sei se isso será o melhor pra você.

– E o que poderia ser melhor do que "isso"?

– Você ir embora assim, como está: achando que o que você entendeu até aqui sobre os outros *dancers* vale pra você também.

– Ah… Você não quer assumir o erro que cometeu.

– Sem ironia, por favor.

– É só constatação.

– Como é que eu ia saber que isso ia acontecer?

– "Isso" o quê?

– Que depois de ser dada como carbonizada, como as outras pessoas que estavam no carro, descobriu-se que Amy conseguiu escapar da explosão, mas que, quando deu entrada no hospital, entrou em coma induzido.

O que acaba de ouvir a choca mais do que Amy gostaria. E ela não consegue interagir com isso. E, provavelmente, deve ter feito uma expressão bem desconfortável de ser observada.

– Que cara é essa, Amy?

Depois de mais algum tempo…

– Acho que você estava certo. Eu devia ter ficado sem saber.

– Eu avisei.

– Quer dizer que, na verdade, a única morta-viva, de fato, sou eu?

– Exatamente. A única morta e viva é ou era a Amy.

– É por isso que todos tinham o código tatuado, menos eu?

– Ainda bem que você falou nisso. Eu queria entender…

– Espera aí, quem quer entender aqui sou eu.

– Como assim?

– Quem criou as regras foi você.

– Na verdade, a tatuagem era uma maneira de identificar quem já tinha ido e voltado pra balada. Era só isso.

– Você está mentindo.

– Não estou não. Eu conhecia a história do Nezhit, o personagem morto-vivo da cultura eslava, e achei que ele combinava com o contexto todo.

– Que contexto?

– Todos estavam mortos, morreram jovens e, aqui, na balada, voltavam a ficar vivos.

– Então, era um código, sim.

– Mas não com essa importância ou a gravidade que você está pensando. Isso só ganhou esse peso, na verdade, pra você… pra te satisfazer…

– Como assim?

– Você queria que tivesse uma coisa mirabolante acontecendo… a gente sempre acaba vendo o que quer ver, não é?

– Quer dizer, você cria a oportunidade de mortos ganharem vida no metaverso e eu é que invento coisas mirabolantes.

– Só você sabe que eles estão mortos.

– Hã?

– Ninguém sabe que todo mundo na balada teve um final trágico.

– Claro que sabem.

– Não sabem. Eles só foram reprogramados para interagir com o seu querer, a sua vontade. Ou melhor, eu reprogramei alguns dos *dancers* para que eles interagissem com a sua vontade.

– Como se fosse um sonho virtual coletivo, seja lá o que isso possa significar.

– Eu não definiria dessa forma, Amy, mas é isso. Ou também é isso.

– Você está mentindo.

– Recapitula. Pensa nos garotos de quem você se aproximou ou que se aproximaram de você, o que eles queriam?

– … a Amy?

– Exatamente. No começo, eles só queriam ficar com você. Te conhecer. Flertar. Só estavam a fim de jogar.

– Então, o que eles sabem?

– As mesmas coisas que você ficou sabendo sobre a Amy, quando a escolheu, só que sobre a "própria" história. Um perfil básico sobre a vida do *dancer*… pra usar a palavra da moda, do "avatar" escolhido iniciar as conexões.

– "Reiniciar".

– Já que você é mais obsessiva: reiniciar virtualmente a vida de um morto.

– Você é macabro, hein?

– É uma maneira de ver as coisas.

– Por que tentar recuperar os mortos através de avatares?

– Todo mundo merece uma segunda chance.

– Estou falando sério.

– Eu também.

– Como você armou tudo isso?

– Nem se eu der todos os detalhes, você vai entender.

– Tenta.

– Atualmente, com meia dúzia de programas, máquinas com boa memória e alguma intimidade com o algoritmo e o que ficou conhecido como metaverso, se faz quase tudo.

– Inclusive dar vida aos mortos.

– Essa é a parte mais fácil.

– Você é doido.

– Existem doidos mais doidos.

– Tem uma coisa que está me intrigando. Quer dizer, tem um milhão de coisas me intrigando… mas uma em especial.

– Diz.

– Você disse que eu estava vendo o que eu queria ver, nos detalhes etc., só que eu não sou tão paranoica assim.

– Não?

– Não.

– Então, você não escolheu ser assim?

– Óbvio que não.

O garoto nerd solta uma risada.

– Do que você está rindo?

– É que continua com defeito…

– O que continua com defeito?

– Na hora de escolher as características da personalidade dos *dancers*, vou continuar chamando os avatares de *dancers*, tá? Tem um comando falho que, quando acionado, programa a característica "paranoia". E eu não consigo descobrir qual é esse comando associado à paranoia. Os computadores acabam sempre fazendo o que querem.

– Que jogo sinistro. Um metaverso com monte de gente jovem, que morreu de maneira violenta.

– Morrer é violento.

– Tem razão.

– Sabia que, por ano, espalhados pelas redes sociais e outras partes da internet, passam a vagar os restos virtuais de milhares de mortos, muitos deles jovens? As pessoas morrem, mas seus perfis, sites, blogs, fotos… seus avatares… enfim, os restos virtuais vão ficar para sempre vagando pelo caos imaterial da internet.

– Credo!

– Ninguém forçou você a entrar.

– Mas eu não sabia de tudo isso.

– Você poderia ter saído a hora que quisesse.

– É difícil alguém querer se desconectar dessa coisa que você criou.

– Se isso for um elogio, agradeço. Todas as conexões virtuais têm essa premissa: aprisionar.

– Só eu sei sobre o que se vê, depois da porta de aço?

– Só você e eu sabemos do dossiê completo sobre a vida e a morte dos *dancers.*

– E os *Boots*?

– Sou eu.

– E os Servidores?

– Também sou eu. Quer dizer, sou eu e o algoritmo. A programação deles está sob o meu controle. Pelo menos, é o que eu espero.

– E por que os garçons/Servidores se alternavam?

– Porque, tecnicamente, eu precisava alterar a base de dados dos Servidores, fazer manutenção, trocar placas de memória… Ah! Eu também apareci para você como o avatar Johannes… e fiz mais algumas outras, digamos, pequenas participações especiais.

– E a advertência no meu *card*?

– Era sobre o Jon. Desde que ele entrou, um pouco antes de você, eu achei que quem o escolheu era perigoso.

– Perigoso como?

– Perigoso.

– E o Youhan…?

– Quem o escolheu sabia que ele era um ciberativista. E, provavelmente, o escolheu para interagir com isso dentro de si mesmo. Ou também era um ciberativista, como saber?

– E a Mina? Quem escolheu o avatar Mina sabia que ia morrer.

– Quem escolheu a Mina sabia que ela tinha hepatite C e que não se cuidava… e quis interagir com isso também.

– Como o Ivan sabia sobre o Nezhit?

– Provavelmente, porque quem escolheu o Ivan conhecia o personagem. Talvez seja descendente de russos, eslavo. Veja que eu não tenho controle sobre tudo.

– Mas você eliminou um monte de avatares da balada.

– Não fui eu. Foram eles mesmos. Ser retirado pelos *Boots* era o protocolo normal para sair da balada, se desconectar.

– Por que os avatares, quando voltavam, não se lembravam de mim?

– Isso é óbvio. Porque os que voltavam já eram outros *players* interagindo com os mesmos *dancers*. O avatar era o mesmo, mas o jogador era outro.

– Por que as regras?

– Todos os jogos têm regras. Você quer que eu explique uma por uma? Vai levar um tempão.

– Não, não precisa... E por que toda essa sua cumplicidade comigo?

– Eu te disse que esse nosso papo não ia ser fácil.

– Essa história ainda piora?

– Ou melhora. Vai depender de você.

– Pode falar.

– Depois que você escolheu a Amy, eu te falei que me aproximei da história dela de novo, da "vida" dela de novo... bem, resumindo... depois que você entrou na balada, a Amy...

– Fala.

– Saiba que, para mim, dizer isso é mais difícil do que para você escutar.

– Duvido. Fala logo.

– Depois que você escolheu a Amy, alguma coisa na Amy em coma mudou.

– Como assim, cara?

– Os médicos, a família dela... o namorado... ninguém está entendendo isso direito; é comum ter algumas reações, na situação em que ela está... Mas a Amy... as expressões dela estão mudando... Quer dizer, agora, mesmo em coma, ela está esboçando expressões... expressões compatíveis com as emoções que você experimentou na balada. Os órgãos dela, o sistema nervoso... A família e os médicos, que não sabem de você, acham que é como se ela estivesse sonhando. Eu sei que não é nada disso. Tem mais uma coisa: a Amy real está se reconfigurando com as suas ações e reações na balada.

— Você quer que eu acredite nisso?

— Pouco importa se você acredita ou não. Essa é a verdade.

— Tá maluco?

— Você podia tentar melhorar um pouco as suas falas, hein?

— Repare no tamanho do absurdo do que você está dizendo. Quer que eu fale o quê?

— Tem razão. Pode parecer absurdo.

O silêncio que fica é aquele típico silêncio que antecede algum barulho atordoante. Amy demora um pouco a perceber isso.

— O que é que está faltando eu saber?

— Eu queria fazer um acordo com você.

— Acordo?

— Já que você ficou até agora, eu preciso que você volte pra balada.

— Como assim, "precisa"?

— Eu preciso que você volte a ser a Amy eletrônica.

— Voltar?

— Só até eu confirmar.

— Confirmar?

— Que tem mesmo conexão.

— Que papo é esse, cara?

— Que as suas ondas cerebrais, conectadas à história da Amy, são capazes de se comunicar com as ondas cerebrais da Amy e de fazer os sentimentos dela interagirem com as suas ações.

— Você está me dizendo que quer que eu seja um tipo de… sei lá… como chamar isso? De "doadora de estímulos cerebrais"?

— Eu não teria conseguido ser mais preciso. É isso, sim.

— Você está maluco.

— Mas você continua conversando comigo, não se desconectou.

— O que você criou, o seu jogo, só existe no mundo virtual… no metaverso… e enquanto pessoas aceitarem fazer parte desse jogo.

— Isso era também o que eu pensava, antes de saber o que aconteceu com a Amy.

— Qualquer pessoa em coma pode manifestar sentimentos.

— Mas eu tenho certeza de que, nesse caso, está havendo uma interação entre você e ela, em algum nível, e isso não tem nada de sobrenatural.

— Impossível.

— Pouco se sabe sobre o cérebro e as suas conexões. E menos ainda se sabe sobre o alcance real dos impulsos e estímulos criados no metaverso, no mundo virtual.

— Você…

— Não vai dizer que eu sou maluco de novo.

— Eu ia, sim.

— Eu não esperava que as coisas acontecessem dessa forma, que tivessem esse desdobramento. Mas é assim: algo de novo surgiu dessa experiência que eu criei e eu quero saber aonde isso vai dar. Ou o que se pode fazer com isso.

— Cara… eu nem sei se você é um cara. Aliás, essa é uma boa pergunta: quem é você, atrás desse avatar de nerd?

O garoto nerd não tem a menor intenção de responder a essa pergunta. Tanto que ele a ignora e continua a conversa da frase de Amy com a qual lhe interessa interagir.

— Você não sabe nada sobre mim, mas eu sei tudo sobre você.

Amy não ignora o tom ameaçador do cara. Tom que a fez se esquecer totalmente de sua última pergunta.

— Tudo "o quê"?

— Tudo. Inclusive o número do seu telefone celular, endereço…

— Duvido.

Para comprovar que não está brincando, o garoto nerd diz o número do celular de Amy.

— Como você sabe?

— Não seja óbvia. Todo mundo pode saber tudo o que quiser, é só acessar o comando certo.

O silêncio de Amy mostra que ela está se sentindo derrotada.

— E aí, garota?

Ser chamada de garota pelo nerd assusta Amy. É como se ela tivesse se perdendo de si mesma.

– Desculpa, cara, mas eu não posso fazer isso.

O tom de sinceridade de Amy deixa o garoto nerd ofendido.

– Como não? Você é a única pessoa do mundo... do metaverso... de todos os mundos, aliás... que pode fazer isso.

– Era um jogo, com regras muito claras. Agora, o que você está me propondo é outra coisa.

– Eu estou te pedindo.

– Eu não vou tentar te ajudar a entrar na cabeça de uma menina que está em coma.

– Por que não?

– Eu não consigo lidar com isso.

– Você vai conseguir ficar sem saber o final da história de Amy?

– O final da história é aqui.

🎮

– **JOOOOOOONNNNN...**

O grito de Lisa na porta da balada sai longo, profundo, cortante e alucinado no meio do oceano revolto de sons desencontrados e indecifráveis ao seu redor. Os olhos perderam o foco. Lisa não sabe mais onde está ou o que faz ali. O coração bate desesperado querendo sair pela boca seca. O ar machuca quando tenta entrar. Tudo o que ela era de exuberância, determinação e competência se apagou no metaverso sombrio do pesadelo em que está mergulhada. A sangue frio. Sem avatar. Sem botões de comando. E sem as opções do controle que Lisa sempre soube exercer.

– ... fala comigo, Jon.

O pedido para que Jon reaja, em tom de súplica, remete aos lamentos dramáticos das mães dos filmes bíblicos vintage; enquanto ela, ajoelhada no asfalto, tenta manter suspenso em seus braços o corpo trêmulo, pesado, baleado e ainda quente do amor de sua vida. Uma triste Pietà mascarada e suja de sangue.

Quem sabe esse seu gesto possa impedir que se concretize a tragédia que Lisa sabe que está a caminho. Mantendo o corpo de Jon suspenso, talvez ela consiga alterar a rota, mudar o rumo da história como fez o Super-Homem na tela de cinema. Se Lisa não deixar o corpo de Jon chegar ao chão, pode ser que ela mantenha o cara vivo.

Tudo ilusão. Em seu fantasmagórico metaverso Lisa já não escuta mais a respiração de Jon. Os olhos do cara se fecharam e ela não consegue mantê-los abertos. Pelo canto esquerdo da boca dele sai uma fina baba rósea. O corpo começou a esfriar. A camisa que o cara vestiu para ir ao aniversário de Mig está cada vez mais manchada de vermelho.

Jon para de tremer. Lisa se desespera...

– Não, Jon... por favor... não vá embora.

Quando termina essa frase, Lisa não consegue mais manter Jon suspenso. E tenta, a todo custo, impedir que a cabeça dele bata no chão ou que o cara raspe alguma parte descoberta do corpo no asfalto; como se todo esse zelo ainda fizesse algum sentido.

– A ambulância já tá vindo.

A voz de mulher salta do oceano de sons revoltos de forma atonal, com eco, metalizada. Lisa não olha para a dona da voz. Ela não quer que mais ninguém faça parte do que ainda tenta configurar como um pesadelo particular.

– Anotaram a placa do carro do cara?

Agora foi o eco de uma voz de homem o que Lisa ouviu. Os detalhes das falas estão ficando práticos demais para ela continuar achando que se trata um experimento em algum metaverso sombrio.

À distância, Lisa ouve o estampido de uma porta pesada se abrindo. Se espalha pelo ar um bate-estaca aflito. O som da música eletrônica se mixa às batidas do coração dela.

– Meldels!!!!

Lisa tem certeza de que é a voz de Mig. O perfume que ela sente atrás de si é o que ele estava usando antes de sair de casa. O braço magro e a mão ossuda que a abraçam por trás dos ombros também são de seu melhor amigo. Ela não tem coragem de olhar para ele.

O som da ambulância, cada vez mais próximo, se mistura ao bate-estaca eletrônico e as frases que Mig está tentando fazer chegar até Lisa, em um tom de voz triste, muito triste...

– ... vem comigo... eles precisam levar o Jon...

Quando Mig consegue afastar Lisa, ela presta mais atenção aos detalhes: dois paramédicos jovens, sarados, mascarados e uniformizados conferem os sinais vitais e colocam no corpo desacordado um cateter com soro e uma máscara de oxigênio.

Enquanto estancam o sangue no peito, um dos paramédicos diz ao outro em voz baixa...

– Sinais vitais cada vez mais fracos.

O coração de Lisa se enche de esperança; ainda há sinais vitais. Os paramédicos abrem a carroceria da ambulância e tiram dela uma maca. Lisa, aos prantos, se cola ao corpo de Jon novamente.

Mig, que acaba de passar alguns dados para um dos paramédicos, tenta afastar Lisa, para facilitar o trabalho deles.

– Vem comigo, Lisa.

– Eu não posso deixar o Jon sozinho, Mig.

– Nós não vamos deixar o Jon sozinho.

Entregando a Lisa a máscara que Jon usava e que estava jogada no meio fio, Mig insiste...

– Vem, queriiida!

Lisa permite que os paramédicos coloquem Jon na maca. O paramédico que lidera a operação de socorro, com uma prancheta eletrônica nas mãos, quer saber...

– Quem irá conosco na ambulância: Monalisa ou Miguel?

Tentando forjar um avatar que mostre alguma tranquilidade e oculte o facho de desespero e tristeza em que ela se transformou, Lisa responde...

– Eu vou.

– Não é melhor eu ir?

Mal termina sua pergunta, Mig já está com a máscara de proteção facial com a bandeira do arco-íris protegendo seu rosto.

– Não, Mig. Eu aguento.

– Então, tá. Eu sigo vocês de carro.

Vendo que o paramédico está fechando as portas traseiras da ambulância, Lisa se precipita e vai até ele.

– Eu vou atrás com ele.

– Não é esse o protocolo.

Tarde demais. Lisa já se acomodou ao lado de Jon.

– Então, por favor, ao menos coloque a máscara.

Lisa coloca no rosto a máscara que o paramédico acaba de entregar. A ambulância liga a sirene e segue a alguma velocidade.

Não demora para Lisa se acostumar aos sacolejos, enquanto acaricia os cabelos de Jon e tenta se equilibrar entre as rajadas de estranhos sentimentos que ela nunca pensou que pudesse sentir ao mesmo tempo: medo, dor, frio, desproteção... mas, espera! O que é isso que está acontecendo? O corpo de Jon está vibrando? Lisa se anima, entendendo que Jon está reagindo, tentando voltar.

Não demora para Lisa perceber que não é Jon inteiro que vibra e, sim, o celular em um dos bolsos da bermuda.

> Tô ficando com frio kkkk

Ao mesmo tempo em que confere a primeira mensagem, o celular de Jon vibra nas mãos de Lisa acusando a chegada da segunda...

> Vem logo, amor.

Claro que Lisa sabe a senha do celular de Jon e já está vasculhando a conversa e a última mensagem que ele enviou para Hannah...

> Vou passar no niver de um bróder.
> Mas vou dormir com você. Te amo.

Outra mulher cobrando o calor do corpo de Jon. Calor que nem ela nem a outra nunca mais sentirão. Lisa sabia que havia alguém entre ela e Jon. Isso já aconteceu outras vezes. E como das outras vezes, a duras penas, ela estava tentando ter paciência para esperar o fogo da curiosidade passar e Jon voltar.

Desta vez Jon não voltará. Nem para ela nem para aquecer a tal Hannah, que Lisa sabe ser a médica que o socorreu e o ajudou a decifrar o grande mistério de sua vida.

A vida de Jon... Tssss. Mas, será que Jon não voltará mesmo?

A ideia que acaba de passar pela mente ágil e bem treinada... de ideias ardilosas, controladoras... de quem não conhece limites para conseguir o que deseja... faz Lisa se desconectar totalmente dos sentimentos desgastados pela literatura de diversão barata.

E para pôr essa ideia em prática, primeiro, Lisa confere os paramédicos: um está focado na direção e o outro, lendo mensagens no celular.

Ótimo!

Em seguida, ela pega no bolso da calça uma pequena embalagem plastificada, de 1 cm × 1 cm, em que se lê em letras mínimas **Paraísos Artificiais**. Trata-se da mesma embalagem que Mig viu Lisa guardar na bolsa alguns dias antes e que ela tem mantido sob seu radar, esperando o melhor momento para usar.

Se não for agora, não será nunca mais.

Abrir com as unhas ferinas, retirar o conteúdo e guardar de volta a embalagem no bolso leva cinco segundos. Pegar o celular no outro bolso da calça, mais dois. Com agilidade de agente secreta treinada para armar e desarmar todos os programas de computador que ainda nem sequer foram criados, Lisa abre um aplicativo no celular, aproxima dele o mínimo objeto que tirou da embalagem, um microalfinete com a cabeça reluzente, digita um código que pegou na embalagem e recebe uma senha. Um foco verde de LED se acende na cabeça do microalfinete. Em seguida, Lisa espeta o microalfinete na nuca de Jon, incrustado entre as raízes do cabelo, e digita a senha que acaba de receber no celular. O foco de LED começa a piscar. E o corpo de Jon treme, reagindo a uma inexplicável descarga energética. Em seguida, o cara arregala os olhos e confere assustado o olhar alucinado de Lisa com o que está se configurando.

– Jon...

Mas a descarga de energia do microchip não é suficiente para manter Jon vivo. Ele fecha os olhos e volta para o seu estado de morte.

Lisa recebe mais uma mensagem confirmando...

Microchip conectado com sucesso.

Aqui termina a história de Jon. **Aqui começa a outra história de Jon**.

II

– MIA?

– Amy.

– Amy?

– Mia.

– Tá confusa?

Confusa? Quem dera Mia estivesse só confusa.

– ... entre outras coisas.

Mia só deu tanta ou essa mínima atenção à conversa porque ela sabe quem está do outro lado da linha.

– Espera só um minuto, Bela. Preciso terminar de me desconectar.

Por acabar de se desconectar, entenda-se tirar os óculos 3D com sensores que captam ondas e estímulos cerebrais. Por garantia, Mia confere se fechou também o aplicativo do celular, em que esteve conectada durante as últimas horas.

Horas? Na verdade, Mia não tem a menor ideia de quanto tempo esteve conectada.

– Pronto, Bela.

– *Já te liguei centenas de vezes. Passei milhares de mensagens.*

– Exagerada!

– *Pelo menos umas três chamadas e dez mensagens. Tá tudo bem?*

– Acho que sim.

– *"Acho"?*

– Eu estava tendo a experiência mais... sinistra da... minha... vida?

Bela estranha tanto a pausa quanto o tom de pergunta no final do que estava entendendo como explicação pelo sumiço da amiga.

– *Você está "me" perguntando se foi a experiência mais sinistra que "você" já viveu? É isso?*

– Como você falou fica melhor: foi a experiência mais sinistra que eu já vivi. Só não posso dizer que tenha usado para isso só a minha vida, eu acho.

– *Não entendi nada. E olha que eu sou boa em entender.*

Antes de continuar a falar, Mia reflete alguns segundos até onde quer dividir com a amiga o que acabou de experimentar.

– Você não conta pra ninguém, Bela?

– *Não sei o que é; como é que eu vou garantir que não conto?*

– Confia em mim.

– *Pelas coisas desconexas que você está me dizendo, fica difícil.*

– Tá bom: eu acessei um aplicativo pela internet, tipo um jogo de metaverso... mas não é um jogo...

– *Eu sabia que tinha algum aplicativo por trás desse seu sumiço de horas...*

– ... eu aceitei fazer parte de uma experiência virtual... sensorial...

– *Entendi: tipo cobaia eletrônica?*

– Você não tá me levando a sério, não é?

– *Estou achando o papo meio louco, mas, te conhecendo... continua.*

– Vou resumir: eu aceitei fazer parte desse metaverso... dessa experiência... recebi um kit com óculos 3D acoplados a uns sensores...

– *Até aí, tudo bem. O que mais?*

– Aí, você coloca os óculos, conecta-se ao aplicativo pelo celular, digita a senha que vem em um *card* e entra em uma área reservada do metaverso para escolher um avatar, que, no caso do jogo, se chama *dancer*.

– *Por que* dancer?

– Porque a experiência é uma balada virtual.

– *Entendi.*

– Você tem acesso a um perfil do *dancer* e também a um resuminho da vida dele, antes de o cara ou de a menina irem pra festa.

– *Que legal! Poder ir a uma festa sem ter que se produzir de verdade, sem ter que dar grana para os guardadores de carro, pagar aplicativo... sem correr o risco de ser assaltada... Se bem que a internet também é perigosa. Como diz o Guimarães Rosa, viver é perigoso.*

– Morrer também.

Bela acha graça da brincadeira (?) de Mia que, de brincadeira, tem muito pouco ou quase nada.

– Então, Bela, você entra numa festa do metaverso sendo um *dancer* e...

– *"Entra" em uma festa?*

– O ambiente é virtual, mas parece real. Cheio de detalhes, com som, jogo de luz, fumaça... as imagens são holográficas... perfeitas... Aí, o *dancer* que você escolheu, com as suas expressões e comandos de movimentos, passa a interagir com outros *dancers* que estão sabe-se lá onde e sabe-se lá quem são...

– *Na internet, sempre se tem esse risco do "sabe-se lá"...*

– ... mas tem umas regras no começo, pra criar clima, sabe? Ah... E quando a gente entra, tem direito a uma dose de *e-music,* uma droga virtual.

– *E "dá barato"?*

– Não experimentei...

– *Como assim?*

– ... espera... deixa eu te contar, porque "ficar louca" é a coisa menos louca que poderia ter me acontecido.

– *Já posso começar a ficar assustada? Até agora, eu estava só curiosa.*

Mia ignora a brincadeira da amiga.

– Isso de o avatar passar a agir com a minha voz, os meus movimentos e as minhas expressões é muito legal.

– *Tem certeza de que você acha legal se emprestar a um... ser virtual, Mia?*

– Acho.

– *E se ele não te devolver pra você?*

Um arrepio percorre o corpo de Mia. Ela não sabe o que responder. Bela quer saber mais...

– *E o jogo, funciona direito?*

– Funciona. No começo, eu demorei um pouco para me conectar e me entender com a coisa toda. A imagem ficou meio tremida, meio robótica, sabe? Mas, depois, tudo parecia de verdade...

– *"Tudo" o quê?*

Mesmo Bela sendo sua melhor amiga, Mia não tem a menor intenção de contar tudo a ela.

– *A balada.*

Bela acha a resposta uma pouco evasiva, mas...

– *E o som, é legal?*

– Legal, sim. Você pode escolher a qual playlist quer se conectar.

– *E você conheceu alguém legal?*

– Acho que conheci.

Quando Mia responde, ela pensa em Jon. Em "Jon"? Ou em quem o escolheu como avatar? Difícil saber isso agora.

– *E vocês se falaram? Vão se encontrar?*

É nesse momento que Mia se lembra de como foi estranho para ela trocar os beijos virtuais. E o que é pior: como ela gostou desses beijos.

– Não dá pra trocar "dados".

– *E isso é bom?*

– Não sei. Eu não estava a fim de conhecer ninguém "de verdade".

– *Que chatice.*

– Eu só queria ser outra pessoa, sem deixar de ser eu, fazer contatos sem fazer contato... não queria me expor... tá muito recente o fim do meu lance com o Kim.

– *Se é que chegou ao fim.*

– Pode ter certeza que sim.

– *Você já disse isso outras vezes.*

– Posso continuar?

– *Pode. Quem você escolheu pra ser?*

– Meu avatar se chamava Amy.

Mia não pretende dar detalhes sobre "qual" Amy está falando.

– *Por que você escolheu a Amy?*

– Não sei muito bem... acho que pela sonoridade do nome...

Quando Mia diz isso, é como se uma rajada de vento invadisse o quarto onde ela está. Mia sente um arrepio e seu coração parece se descolar do peito. E começa a flutuar em algum lugar que ela não tem a menor ideia de onde seja.

– *Mia?*

– Oi.

Conectar-se novamente à conversa faz a sensação desaparecer. Só que o seu coração... Mia não tem certeza de que voltou para o lugar.

É duvidando da resposta que ouviu da amiga que Bela repete a pergunta do outro lado da linha...

– *Tem certeza de que você só escolheu a Amy por causa da sonoridade do nome?*

– Tenho.

Mia sabe que está mentindo. Ela só não sabe qual seria a resposta verdadeira.

– Eu tenho que desligar, Bela.

– *Por quê?*

Estranhando tanto quanto Bela o que ela própria acaba de dizer, Mia responde...

– Eu tenho que sair.

... sem ter a menor ideia do que isso quer dizer nesse momento.

– *Aonde você vai a essa hora? Tá quase amanhecendo.*

– Eu disse que eu tenho de dormir.

– *Entendi você dizer que tinha que sair.*

– Deve ser por causa do sinal da ligação, que está ruim.

– *Eu estou ouvindo bem. Sua voz mudou. Tá mais fria.*

– Amanhã a gente se fala, Bela.

– *Eu tô achando você tão estranha, Mia.*

Que som é esse que Mia está ouvindo? A batida de um coração?

– Eu estou cansada. É isso.

– *Tá bom. Você, cansada, fica muito mal-humorada. Tchau!*

Sem dizer mais nada, sem nem devolver o "Tchau!", Mia aperta a tecla vermelha que finaliza a chamada.

Por que você escolheu a Amy?

É com essa pergunta reverberando pelas ondas mais obscuras e desconexas de seu cérebro que Mia joga o telefone sobre sua cama e abre a porta do armário. A imagem da garota despenteada e de pijamas com a qual ela se depara em frente ao espelho é quase desconhecida. Fazia algum tempo que Mia não via a si própria interagindo aos comandos de seu cérebro.

Estão no espelho o corpo magro e pequeno, os cabelos castanhos longos e ondulados, o rosto de uma beleza mais comum do que cinematográfica. Os olhos verdes. Os lábios carnudos. Mia está diante do que ela sempre soube ser o... avatar? De sua... mente? Cérebro? Espírito?... Mas, desta vez, ela se sente uma intrusa naquela imagem.

A batida do coração volta com mais força. E o som da pergunta da amiga também...

Por que você escolheu a Amy?

Acessar a internet pelo celular leva alguns segundos. Encontrar informações sobre o acidente de Amy Houston para pegar o endereço que a interessa, quase um minuto. Entrar e vasculhar o site do hospital onde Amy está, mais 45 segundos. Mesmo país, mesma cidade.

Por que você escolheu a Amy?

Não demora muito para Mia encontrar no armário a saia mínima, a camiseta colada ao corpo e o par de sandálias com saltos um tanto quanto injustos que ela quer usar.

Por que você escolheu a Amy?

Mia calça as sandálias, se maquia, apaga a luz e sai do quarto, sem se importar se a tela de cristal líquido de seu celular está sendo vasculhada.

Por que você escolheu a Amy?

Elevador, calçada, táxi, ruas, bairros, avenida, rua, calçada, saguão do hospital... a cada trecho da distância que Mia cumpre, as batidas do coração vão ficando mais fortes, intensas e próximas.

Por que você escolheu a Amy?

Enquanto sobe no elevador do hospital, Mia continua sem conseguir responder por que escolheu Amy. **Ou será que foi Amy quem a escolheu?**

master plan

Galilleo está acomodado em um canto da biblioteca principal da Faculdade de Medicina com fones sem fio espetados nos ouvidos. O cara mira a tela do laptop, quase hipnotizado pela movimentação orgânica dos números de uma contagem regressiva próxima a terminar. Tão concentrado ele está que se esqueceu do copo descartável com café esfriando sobre a mesa, ao lado de um exemplar em inglês do livro *Frankenstein*. A máscara de Galilleo, em cima da mesa, está respingada pelo café abandonado. O celular vibra no bolso do cara, acusando a chegada de mensagens. Ele ignora. Não há nada nem ninguém mais importante no momento do que o que está para acontecer naquela tela.

Quando a contagem regressiva zera, Galilleo ajeita o corpo malhado na cadeira, coça a nuca careca e escaneia com os olhos espertos a bela mulher ruiva que ocupa a tela. Ela tem olhar misterioso, como Clarice Lispector, e está sentada em uma bancada de algum ambiente acadêmico, em um ponto equidistante entre o Atlântico e o Pacífico. Atrás da mulher há uma muralha de livros que encobre todo o fundo da imagem.

O sotaque dela é de português de Portugal...

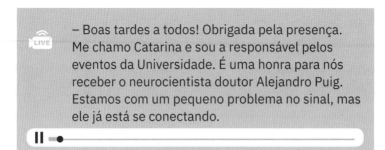

– Boas tardes a todos! Obrigada pela presença. Me chamo Catarina e sou a responsável pelos eventos da Universidade. É uma honra para nós receber o neurocientista doutor Alejandro Puig. Estamos com um pequeno problema no sinal, mas ele já está se conectando.

A tela do laptop se divide ao meio e em uma das metades vemos doutor Alejandro Puig; um cara de meia-idade, boa-pinta, bronzeado, com uma juba negra estrategicamente rebelde, olhos esverdeados, barba cerrada de uma semana sem ver o barbeador e camisa cinza metalizada com as mangas dobradas até acima dos cotovelos. Os pelos escuros nos braços do neurocientista são bem espessos. Atrás dele vê-se um sofá, uma poltrona e uma janela com a cortina fechada de um hotel de luxo, sabe-se lá em que parte do planeta.

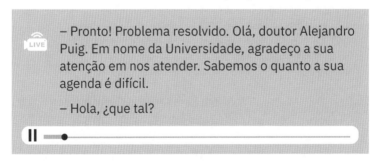

– Pronto! Problema resolvido. Olá, doutor Alejandro Puig. Em nome da Universidade, agradeço a sua atenção em nos atender. Sabemos o quanto a sua agenda é difícil.

– Hola, ¿que tal?

Percebendo que falou em espanhol, Alejandro sorri e reprograma o cérebro para o idioma que pretende usar. A fala dele em português do Brasil sai com um distanciamento estratégico que não combina com o sorriso que o cara está mostrando.

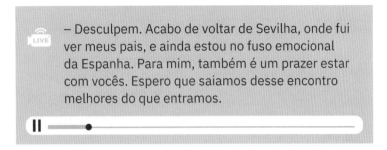

— Desculpem. Acabo de voltar de Sevilha, onde fui ver meus pais, e ainda estou no fuso emocional da Espanha. Para mim, também é um prazer estar com vocês. Espero que saiamos desse encontro melhores do que entramos.

A empolgação de Catarina com a presença do neurocientista não é pequena.

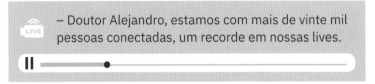

— Doutor Alejandro, estamos com mais de vinte mil pessoas conectadas, um recorde em nossas lives.

A informação não parece abalar Alejandro Puig...

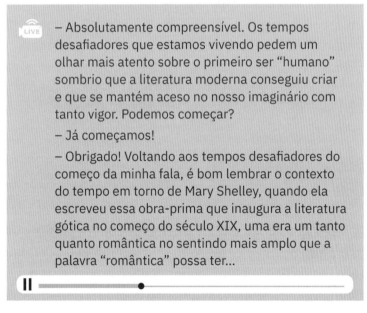

— Absolutamente compreensível. Os tempos desafiadores que estamos vivendo pedem um olhar mais atento sobre o primeiro ser "humano" sombrio que a literatura moderna conseguiu criar e que se mantém aceso no nosso imaginário com tanto vigor. Podemos começar?
— Já começamos!
— Obrigado! Voltando aos tempos desafiadores do começo da minha fala, é bom lembrar o contexto do tempo em torno de Mary Shelley, quando ela escreveu essa obra-prima que inaugura a literatura gótica no começo do século XIX, uma era um tanto quanto romântica no sentido mais amplo que a palavra "romântica" possa ter...

A imagem do palestrante ocupa toda a tela do laptop de Galilleo.

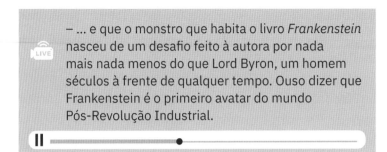

— ... e que o monstro que habita o livro *Frankenstein* nasceu de um desafio feito à autora por nada mais nada menos do que Lord Byron, um homem séculos à frente de qualquer tempo. Ouso dizer que Frankenstein é o primeiro avatar do mundo Pós-Revolução Industrial.

O áudio do laptop falha e Galilleo dá um soco de desagrado sobre a mesa com a mão tatuada com a estrela de cinco pontas. Mas logo o som volta e, aliviado, o cara percebe que não perdeu nada da fala do neurocientista.

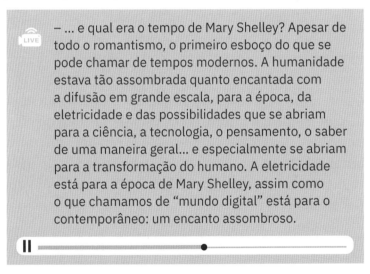

— ... e qual era o tempo de Mary Shelley? Apesar de todo o romantismo, o primeiro esboço do que se pode chamar de tempos modernos. A humanidade estava tão assombrada quanto encantada com a difusão em grande escala, para a época, da eletricidade e das possibilidades que se abriam para a ciência, a tecnologia, o pensamento, o saber de uma maneira geral... e especialmente se abriam para a transformação do humano. A eletricidade está para a época de Mary Shelley, assim como o que chamamos de "mundo digital" está para o contemporâneo: um encanto assombroso.

Galilleo está tentando, mas está difícil para o cara se conter e não interagir com a fala de Alejandro; ainda mais quando ele ouve as palavras-chave "mundo digital".

A razão principal de Galilleo estar nessa live não é a criação e o contexto do monstro criado por Mary Shelley, se bem que isso também o interessa, mas as sinapses que ele espera que o neurocientista faça.

Galilleo acompanha com grande interesse as pesquisas do doutor Alejandro Puig; um híbrido de neurocientista, filósofo e antropólogo dos ditos tempos modernos.

O interesse de Galilleo cresce quando o tema esbarra em tecnologia e mente; aprisionamento digital, "pertencimento" e prazer ilusório de fazer parte de um grupo ou ideologia; bancos de dados como commodities; as formas cada vez mais avançadas e sutis de capturação de dados e o uso que se faz disso... o magnetismo animal; a quântica reformulando o conceito de realidade material... a conexão entre Neurociência e o que é conhecido como paranormalidade... isso, para dizer o mínimo!

Ao Galilleo interessa muito a maneira como o doutor Alejandro aborda essas questões, não olhando apenas para o que se conhece como admirável mundo novo. O cara constrói um interessante paralelo entre o aprendizado e o legado passado e o quanto ele molda o presente e o futuro; como está parecendo que fará nessa live. E sempre com um olhar rebelde, instintivo apesar da formação acadêmica, desconfiando do instituído; buscando uma possibilidade inédita para o que poderia parecer engessado ou desgastado pelo tempo.

Voltando à live...

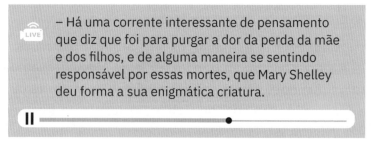

– Há uma corrente interessante de pensamento que diz que foi para purgar a dor da perda da mãe e dos filhos, e de alguma maneira se sentindo responsável por essas mortes, que Mary Shelley deu forma a sua enigmática criatura.

A live segue com doutor Alejandro olhando sob diversos pontos de vista para *Frankenstein* e para o tempo de Mary Shelley. A força da imagem do genial poeta inglês Percy Shelley, marido de Mary e um verdadeiro superstar gótico, ofuscando com a imagem pública a exuberância das ideias dela. Doutor Alejandro contextualiza, inclusive, a mãe da autora, Mary Wollstonecraft, a primeira feminista moderna de que se tem notícia.

O neurocientista diz ainda que no começo do século XIX a Europa estava em estado de choque, por causa da erupção de um vulcão na Indonésia em 1815, o Tambora, que manteve em alguns pontos o céu europeu escuro como a noite durante quase todo o verão daquele ano e que era impossível alguém ficar indiferente ou não ser afetado tanto pelo efeito químico da erupção quanto pelo assombro com a estranha noite.

Galilleo vai ouvindo a tudo atentamente, aguardando ansioso o momento certo para interromper o neurocientista.

Até que doutor Alejandro pensa em algo, sorri e diz...

> – Como vocês já devem ter percebido, eu gosto bastante de falar... mas gosto mais de trocar ideias... antes de conectar o que disse até agora sobre o nosso "avatar romântico", o monstruoso personagem estimulado pela evolução da eletricidade, com o abismo tão encantador quanto assombroso que a mola propulsora do que se entende como progresso contemporâneo, o mundo digital, pode nos oferecer... embora eu tenha muito a dizer sobre isso, vou interromper o meu *speech*, a minha fala, e abrir para as perguntas... depois eu continuo de onde parei...

Mal doutor Alejandro dá a sua pausa, enquanto a imagem de Catarina volta a dividir a tela com a do neurocientista, Galilleo já digitou, em boxe, seu interesse de fazer uma pergunta.

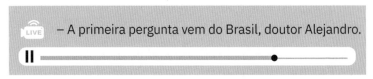

— A primeira pergunta vem do Brasil, doutor Alejandro.

A tela se divide em três e tanto a ruiva enigmática quanto o neurocientista se empolgam com a alegria juvenil que veem estampada no belo rosto de Galilleo.

— Olá, doutor Alejandro. Me chamo Galilleo. Estou me formando em Psiquiatria, quero me especializar em Neurociência. Acompanho o seu trabalho faz tempo e aprendo muito com ele.

Os elogios de Galilleo não empolgam doutor Alejandro; mas o deixam um pouco desconfiado...

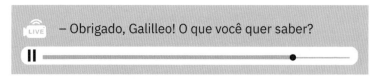

— Obrigado, Galilleo! O que você quer saber?

— A ciência transita em uma zona onde a realidade se altera muito rapidamente, em direção ao que se conhecia até então como, digamos, ficção. Está tudo sendo reconfigurado. Há quem diga que quanto mais a Física Quântica evolui, mais ela se aproxima da feitiçaria.

Tanto a euforia quanto o conteúdo que está percebendo se configurar, começam a preocupar Catarina. Aos seus olhos, parecem fugir muito do tema central do encontro. Já o neurocientista, a cada palavra, vai ficando mais interessado.

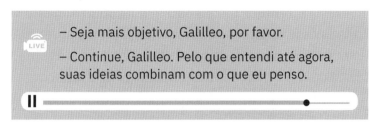

— Seja mais objetivo, Galilleo, por favor.

— Continue, Galilleo. Pelo que entendi até agora, suas ideias combinam com o que eu penso.

Galilleo não se deixa abater pela advertência de Catarina e nem pelo aparente elogio de Alejandro. O cara quer seguir exibindo seu raciocínio...

— A essência absoluta do átomo não é matéria, é energia. A tecnologia está nos levando cada vez mais para o abismo do metaverso, a realidade para além do real. Ninguém ignora que há por trás disso um plano muito bem arquitetado e sofisticado de controle de dados, de controle do humano...

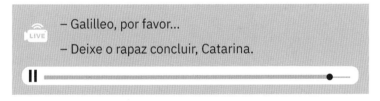

— Galilleo, por favor...

— Deixe o rapaz concluir, Catarina.

Catarina não esconde o desagrado.

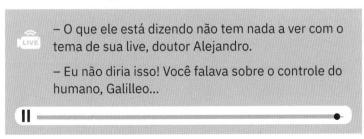

— O que ele está dizendo não tem nada a ver com o tema de sua live, doutor Alejandro.

— Eu não diria isso! Você falava sobre o controle do humano, Galilleo...

– ... fica cada vez mais claro que, para além do que a humanidade gostaria, é o algoritmo e não o humano quem está à frente de um plano maior... Doutor Alejandro, ainda é possível conter o comando digital, essa apropriação que está em curso da mente humana pela máquina? Na sua opinião, qual é o master plan do algoritmo?

Assim que termina a segunda pergunta, Galilleo é arremessado para fora da live; sem saber se o que fez isso acontecer foi a conexão, a censura da universidade onde Catarina trabalha, a censura da faculdade onde ele estuda ou um tentáculo sombrio do algoritmo, contrário à divulgação das ideias rebeldes do cara.

Pobre Galilleo, não sabe o que o aguarda!

Esta é uma obra ficcional, que ironiza, de forma crítica, o modo humano e tecnológico de funcionar contrário à Liberdade, à Igualdade e à Pluralidade.

A trama, os personagens, a construção dos avatares e todas as cenas e situações contextualizados no livro *O DJ* são fictícios. Qualquer semelhança com nomes, pessoas, fatos ou situações da vida real terá sido mera coincidência.

AGRADECIMENTOS: Elaine Barbosa/Doutora Renata Pulitti/Rafaella Costa/Doutor Breno Serson/ Doutor Rogério Oliveira/Marcel Woo/Lucas Faria (da VIP Náutica) e Neco Vila Lobos.

Emerson Charles

Os livros de **Toni Brandão** chegam à marca de 3 milhões de exemplares vendidos e discutem de maneira bem-humorada e reflexiva temas próprios aos leitores pré-adolescentes, jovens e jovens adultos, apresentando as principais questões do mundo contemporâneo.

Seu best-seller *#Cuidado: garoto apaixonado* já vendeu mais de 400 mil exemplares e rendeu ao autor o Prêmio APCA (Associação Paulista de Críticos de Arte).

A editora Hachette lançou para o mundo francófono a coleção "Top School!" A editora norte-americana Underline Publishing prepara para 2022 o lançamento dos títulos *Perdido na Amazônia* e *Dom Casmurro: o filme*.

A versão cinematográfica de seu livro *Bagdá, o skatista!*, dirigido por Caru Alves de Sousa, recebeu um importante prêmio da Tribeca Foundation, de Nova York, também venceu o 70º Festival de Berlim – na categoria Mostra Generation 14plus – e está sendo distribuída mundialmente pela prestigiada Reel Suspects.

Toni criou, para a Rede Globo de Televisão, a recente versão do *Sítio do Picapau Amarelo*. O autor participou como convidado da Feira de Frankfurt (Alemanha) e da Flip (atualmente a mais prestigiada feira de livro no Brasil), na cidade de Paraty (RJ).

Para conhecer mais seu trabalho:

Instagram: @tonibrandao

Leia também a Coleção Viagem Sombria, de Toni Brandão:

A caverna

O clima de mistério e tensão permeia esta história desde o início, arrebatando o leitor. Caio desaparece. Seu celular aparece num salão de beleza. A namorada, Paula, ignora seu paradeiro. Enquanto isso, uma pessoa inscreve-se para participar de uma excursão e não comparece. Uma estranha conexão une os personagens em torno de uma caverna em Goiás.

Os lobos

Clima de suspense, fatos inexplicáveis, comportamentos sinistros, conflitos afetivos e familiares e personagens bem convincentes dão dinamismo e ação à narrativa, sequência de *A caverna*. São apresentadas ao leitor questões como o turismo e seus impactos, o desmatamento, a perda do hábitat natural e o deslocamento da fauna (em especial o lobo-guará) para locais ermos.

Os raios

Nesta sequência de *Os lobos*, as personagens vivem antigos e novos conflitos. A narrativa se centra nos acontecimentos inexplicáveis e aterrorizantes que deixam os habitantes em pânico – uma caverna submerge e mata um grupo de turistas, os lobos atacam por causa de comida, o delegado e o maior latifundiário da região são atacados por um bando de dobermanns.

Impresso por :

Graphium
gráfica e editora

Tel.:11 2769-9056